It didn't suit my taste.

お口に合いませんでした

Alternative district

オルタナ旧市街

太田出版

目次

装画　豊井祐太
装釘・本文レイアウト　山本浩貴＋h（いぬのせなか座）

お口に合いませんでした

オルタナ旧市街

ゴースト・レストラン

すこしの残業を終えて自宅マンションへ帰りつくと、エレベーターホールの手前にある101号室の真ん前にぽつねんと薄茶色の紙袋が置かれているのが見えた。きっとフードデリバリーの置き配だろう。この部屋の住人はおおかたいつも似たような――わたしがちょうど帰宅するころの時間に――デリバリーを頼んでは玄関にしばらく放ったらかしにしているようで、エレベーターを待つあいだこの孤独な紙袋と出くわすのはすでに今週で二回目だった。またか。いや、エレベーターホールの脇に玄関があるということは、そこにいる他人の気配を察知して、鉢合わせるのを避けているのかもしれない。101号室の住人は、わたしが階上へ去るのをドアスコープから確認したら、きっと玄関の扉をすこしだけ開け、にゅっと腕一本だけを伸ばして紙袋を回収するのだろう。

数世帯しか入居していないコンパクトなマンションということもあって、わたしたち住人はなるべくお互いの個人情報を明かさず、なおかつ顔を合わせないように暮らすというのが暗黙の了解であった。今どきはどこもそうなのかもしれないが、ポストにも玄関にも表札すら下げないのだ。配達に来る業者にとってはまことに厄介極まりないと思うのだけれど……。引っ越してきたばかりのころ、ゴミ捨てで一緒になった隣の部屋の女におはようございますと挨拶をしたら無視されたことを思い出す。目も合わなかった。ふつう、人に声をかけられたら驚くにしろ訝《いぶか》しむにしろ多少なりとも身体が反応してしまうものだが、まるでわたしが存在していないかのごとき華麗なシカトのお作法であった。しばらく腑に落ちない気分だったのだが、ここで暮らすうち、あれは隣人が失礼だったのではなく、このマンションの不文律を解さないわたしへの洗礼だったのだと思うことにした。

　エレベーターに乗り込んでじぶんの部屋に入ったあと、ポストを開け忘れたことに気がつく。注文していた本が届いているはずなのだ。やれやれ再び階下へ戻ると、101号室の前にはまだデリバリーの紙袋が忘れ物のように鎮座していた。さっき見かけてからはゆうに三十分ほど経過していたが、家主は一体いつ、このできたてとは到底言いがたい食事にありつくのだろう。可能な限り温かいものは温かいうち、冷たいものは冷たいうちに食べるのを是とするわたしにとっては、おーい、お夕飯が冷めてしまいますよ！　とドアをノックしてお節介してやりたくもなったし、101号室に住む名も顔も知らない誰かの晩餐に、生活への諦めのような気配を感じずにはいられなかった。

　そもそもよほど手が離せないだとか病気だとかの理由がない限り、食べ物を自宅まで運んでもらうというのはいかにも都市生活者のための贅沢なサービスのように思えてならないのだが、もとをたどれば日本では昔から出前の文化が盛んだったわけだし、抵抗感を抱くほうが不自然なのかもしれない。なにしろ高度経済成長期のころは会社にもラーメンや蕎麦なんかの出前が手数料もなしで届くのは当然だったというのだから。それでも現在の、自転車なりバイクなりで運ばれてくるデリバリーの食事には、個人的にはなんだか「金を払って人に食べ物を運ばせている」という感じが強く、ちょっと申し訳ないような気分になるのだ。運んでくるのが飲食店の従業員ではなく、食事を運ぶためだけに介在するライダーだからというのもあるかもしれない。寿司屋の出前なんて、食べ終えたあとの寿司桶まで翌朝回収に来てくれるというのに、「わざわざ呼びつけて申し訳ない」などという気持ちはさほどわかない。ただし、この心境の違いにはじぶんでも不思議と説明がつかなかった。配達員が注文先の従業員でないのが理由であるなら、郵便だって宅配便だって同じことであるのに。

まあ、そんな御託を並べていたわけでUber Eatsやら出前館やらのフードデリバリーが流行してからもなんとなく利用する機会がなかったのだが、自宅マンションはコンビニもスーパーも徒歩五分圏内に存在しないという、東京都心における基準では陸の孤島のような場所なので、風邪ぎみでどうにも調子の出なかった先週の晩に、ふと思い立って頼んでみたことがある。春から夏への変わり目で、すこしだけ湿気を含んだ空気が妙に気持ち良くて窓を開け放したまま寝てしまう……なんて日が続いたせいだ。まあ、機会はなかったけれども前々から興味はあったフードデリバリーに挑戦するのに、体調不良というのはうってつけの言い訳だ。アプリでちょこちょこと個人情報を入力し、カタログ状に提示されるバラエティに富んだフードのなかから食欲をそそるものを選んで注文。画面に表示された時間を超えることなくあっさりと到着した配達員がチャイムを鳴らす。風邪をうつしたら悪いので、置き配でお願いしますと伝える。わたしはドアスコープをのぞきこんで配達員が立ち去るのを確認すると、玄関の扉をすこしだけ開け、にゅっと腕一本だけを伸ばしてビニール袋を回収した。もちろんまだ温かい。それでも地べたに置かれたひとりぶんの食事というものには、言い得ぬ寒々しさがあった。

注文したのは具だくさん自慢のお野菜スープ専門店という、風邪っぴきにはおあつらえ向きの店であった。クラムチャウダーやミネストローネ、シチューなど商品の写真はどれも彩り豊かで、大して食欲もなかったがそれだけはおいしそうに見えたのだ。チェーン店というわけではなさそうだったが、どこにでもありそうと言われたら頷けるような感じ。住所を見るとわりあい近所にあるみたいだったが、ふだん通らない道なので気がつかなかったようだ。ビニール袋から、野菜とソーセージの入ったホワイトシチュー&パンセットをそろりと取り出す。さて栄養を摂らねば。ファストフードやカップ麺を胃に流し込むより数百倍よい選択だろう。この時点で既に風邪に打ち勝ったような気で、こぼれないようしっかり包装されたパッケージを剝がすと「あったか〜いスープでお腹もココロも満たしてくださいね♪」と書かれた手書きのメッセージカードまで添えられていた。なんとまあご丁寧なことである。顔の見えない客相手だからこその心配りということなのか。遠くの親戚より近くの他人。なんだ、フードデリバリーも思ったより寂しくはないのかもしれないな。

ところがこの心温まるお気遣いとは裏腹に、意気揚々と口に運んだシチューの正体はひどいものだった。匙ですくうとシチューにしてはやけに粘度が高くねっとりとしていてこの時点で嫌な予感がしたのだが、なんだか独特の、冷えて固まった油のような、あるいは古びた冷凍庫の奥底のような匂いもする。おそるおそるひと口舐めてみると、一応ホワイトソースみたいな味はするものの、一応ホワイトソースみたいな味がするという事実以上の情報を受け取ることはできなかった。というか、「具だくさん」はどうした。容器をかき回しても中から出てきたのは親指の先くらいのジャガイモがみっつと、小指の爪ほどのブロッコリーの破片、かつてタマネギだったであろうものの残骸、それから申し訳程度に入れられたソーセージが一本。しかもこのソーセージが皮と中身の食感に差がない、パリッとしていないタイプなのであった（わたしはこれをハズレのソーセージと呼んでいる）。挙げ句の果てには底のほうに溶けきっていない調味料だか油脂だかのダマが張り付いていたのだが、ただでさえ粘度の高いこの液体がより濃いめ固めアブラ多めになってしまうのでそれ以上かきまぜるのはやめた。

なんだか熱が上がってきたようである。胃に何か入れねばと思って途中までは食べ進めたものの、完食することは諦めて早々にシンクに流してしまった。ゴミをまとめている最中、あらためて添えられていたメッセージカードをよく見たら、手書きではなく手書き風フォントで印刷されたものだった。開けたときにはちょっとうれしかったはずなのに、今見るとあったかいスープがどうのとかいうひと昔前の流行歌に乗っかって二秒で考えたような陳腐なメッセージが余計に腹立たしさを加速させてくる。化かされた。栄養を摂るどころか一五〇〇円もする得体の知れない優良誤認シチューを食わされる羽目になり、わたしは風邪をその後一週間ほど引きずることとなったというのが、初めてのフードデリバリー体験の顚末である。

日ごろからこの類のサービスを利用する人にとっては当然の常識なのだろうけれど、このときわたしはゴースト・レストランという存在のことを知らなかったのだ。いわゆるデリバリーに特化した事業形態のことで、厨房だけの設備をこしらえて、そこで作った料理を配達のドライバーが取りに来るという仕組みだ。デリバリーのアプリ上ではたしかに飲食店として登録されているけれど、客席はなく、料理人も顔を出す必要がない現代のゴースト。つまり最低限の経費でおおがるに飲食業を営むことができるというわけだ。このところずいぶん急増したそうだが、たとえば薄汚いアパートの一室でひとつの厨房がいくつもの飲食店を名乗るだとか、前述のような「専門店」を騙《かた》る店が跋扈《ばっこ》しだしたとか、衛生的にも景表法的にもアウトな事業者が問題になったようで最近ではしっかり規制されているらしい。どうやらこのゴーストにわたしは一杯食わされたようだった。インターネットで検索してみると、「おいしいゴースト・レストランの見分け方」だとか「ゴースト・キッチンの怪しい実態に密着」などという、手慣れた都市生活者たちによるゴースト指南がたくさんヒットした。フードデリバリーひとつとっても、あらかじめ知識をたくわえていないと損をする時代なのだ。なんだかなあと思い、それからはよく知らない店のデリバリーを頼むのはやめてしまった。

さて、食べ物の恨みは時間が経てばおおむね癒えてくるというもので、ひどいシチューのことなどすっかり忘れていたのだけれど、なんと後日、わたしはあのインチキ専門店の居場所をはからずも突き止めてしまったのだ。近所に新しいドラッグストアができたと聞いて家のまわりをうろついていたところ、いつもは通らない路地の一角に、自転車やバイクに乗った人たちが幾人かたむろしていた。なんだろう？　そこが新しいドラッグストアなのかと思って立ち止まってみると、そこは小屋つきのこぢんまりしたガレージのような場所で、小屋の正面には役所の深夜窓口みたいな小窓が設けられていた。遠くから様子をうかがっていると、なんと半開きになったシャッターから、「××番、お待たせしましたー」というマイク越しのくぐもった男の声とともに、にゅっと腕一本だけがビニール袋を携えて奥から伸びてきたではないか！　じぶんの番号を呼ばれたライダーは、けだるげに立ち上がると腕の幽霊から品物を受け取り、じぶんの乗り物にまたがって颯爽と去っていった。しばらく眺めているうち、小窓の脇に掲げられたロゴマークに見覚えがあると思ったら、例のあの忌々しいシチューを注文した店と同じ住所だったというわけだ。ゴースト・レストランって、こういうところなのか……。レストランというよりは、なんだか無人の工場みたいだった。あの仄明るい小窓の向こうで、くず野菜を煮込んだり、手書き風のメッセージカードをせっせと量産している従業員がいるようには到底思えなかったのだ。それに、こちら側にいるライダーたちは誰ひとりとして言葉を発さず、配達の品ができあがるまで薄暗いガレージでぼうっとたたずんでいる。小窓の奥の明るさと対比するような、かれらのダウナーな雰囲気もなんだか不気味だった。どちらがゴーストかと問われたら、答えに窮してしまうかもしれない。

そんな奇妙な目撃譚から半年もしないうち、気まぐれにデリバリーアプリを開いてみると、もうあのスープ屋のデータはあとかたもなく消え去っていた。さすがにこの狭い町内ではやっていけなかったのだろうか。やっぱりもう一度確かめてみたい気になって出かけてみたのだけれど、困ったことにわたしはあの時に見かけたゴースト・レストランがいったいどこの路地にあったのかさっぱり忘れてしまっていて、ぐるぐると長いこと町内を回ったのだけれども、とうとうたどり着くことはできなかった。こんなに小さい町なのに。こうなると、わたしが本当にあの不気味なガレージを目撃したかどうかも怪しいものだ。二度も化かされたとなると、昔話に出てくるまぬけな町人にでもなったようで無性に可笑しくなった。煙のように現れては消え、都市をさまようレストラン。数百年後の子どもたちに読み聞かせたら、どこまで信じてくれるだろうか。

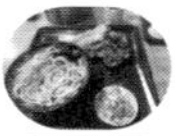

＋フォロー

好食@一代男のおかわりもういっぱい!

こんにちわ! (^O^) 好食@一代男です。
食べてる時がイチバン幸せな70代オヤジの日常を、
徒然なるままに・・・

今夜はお手軽☆濃厚シチュー (^O^)

ブログテーマ：デリバリー

★今回のおかわりもういっぱい！★
『具だくさん自慢のお野菜スープ専門店』
ホワイトシチュー＆パンセット@1500円

昔から、てんやもの好きな小生(^_^;) 今日はフードデリバリーにチャレンジ!!
コロコロ野菜とお肉の、旨味がクリーミィで濃〜厚なお味でした。

ユートピアの肉

まだ付き合っていない相手と一緒にアレに行くというのは、わたしにとってはかなり暗い未来の宣告に近いものだった。アレというのは郊外のばかでかい土地の上に建てられた、本当に必要なものは何ひとつとして売られてはいない、巨大な北欧インテリアの量販店のことである。『(500)日のサマー』という映画を知っている人ならきっと盛大に共感してくれるはずだ。わたしの学生時代には一般教養と言ってもいいほどこぞってみんなが観ていた作品である。端的に要約すると、劇中には、付き合っていないけどこれはもう付き合ってるって言っちゃってもいいんじゃね？　くらいの関係な相手とアレに行くというくだりがあり、そこでまた家族ごっこなんかをやっちゃったりなんかして、しまいには展示用のベッドでイチャついちゃったりなんかするという、吐き気がするほど楽しい感じのシーンまである。アレはそういう極めて絶妙な間柄の人間と、もしもふたりで暮らすなら居間にはどんなソファがよろしいか、どのくらいの固さの枕が好みか議論したり、あるいはキッチンに置くかわいいスポンジを選んだりするための場所なのだ。

あそこで売っているオバケの形の風呂桶だかなんだかがインターネットでバズったとかで、それが欲しいから行こう行こう行こう行こうと、夏井さんに突然誘われたのがおとといの晩である。夏井さんとわたしはマッチングアプリで知り合ってからのここ三ヶ月、それなりに素敵な関係を築けているように思えた。会社員になってからあまりの恋愛的出会いのなさに辟易《へきえき》して、どうしてもってほどでもなかったが、みんながやってるならやってみるか、と極めて消極的にスタートしたマッチングアプリは、初めのほうはほとんどが徒労に終わっていた。だいたい、かわいいなって思った子とはマッチしない。なぜなら、わたし自身が相手からかっこいいなって思われていないからである。顔面偏差値52くらいの、普通オブ普通、そのくせ調子に乗ってプロフィールに「星野源に似てるってたまに言われます笑」とか書いてしまいがちなレベルの容姿。わたしはわたし自身の客観的評価を、もっとも心得ている。マッチングアプリなんていう究極のルッキズムの海に、それでも飛び込んでみようと思ったのは、やっぱり何か刺激がほしかった、それだけなのだ。

何人かの女の子とマッチして実際に会ってみて、そのうちの三人くらいはマルチ商法と新興宗教の勧誘だった。カフェや居酒屋でわたしのつまらない話に目をキラキラさせながら「すごーい！」「素敵です！」「さすがですね！」なんて相槌を打ってくれて、いい気分でトイレに立って、次に席に戻ってくるとあれ、おかしいな、さっきまではなかった分厚いパンフレットが置いてある。「叶えたい夢って、ありますか？」。

途中で騙されていたとわかっても、会社と自宅の往復ばかりの毎日よりはマシだと思った。仕事帰りや休日に誰かと会う用事がある。相手が誰であれそれは少なからず心の支えになった。勤めだしてからめっきり疎遠になった友達や、忙しさを理由にすれ違ったかつての恋人の顔が浮かんでは消える。夏井さんは、アプリで知り合った女の子の中では一番気の合う相手だった。趣味も合うし、なんだか話しやすい。そして見た目もそこそこタイプだった。そういうわけで、気になる映画があればときどき誘い合わせてレイトショーを観に行ったりしたけれど、映画以外の口実で夏井さんから誘われたのは初めてだった。

　待ち合わせ時間を決めるメッセージの上では、まァ自分も家具とか見たいし別にいいですよ的なそぶりをしつつわたしは内心かなり浮かれていたが、それと同時に、じぶんが望む夏井さんとの関係性というのは手に入れることができないんだろうという予感もしていた。気は合うかもしれないが、夏井さんがわたしの恋人になりたがっているとは到底思えなかった。わたしは映画の主人公トムとは違って察しがよいのである。だが、それでも万が一、何か素敵なことが起きたらいいなと受け身全開の期待をしてしまうのがわたしの意気地のないところである。手持ちの中で最もマシなシャツに袖を通して頬《ほほ》を叩く。ここ最近、マンションの上の階の住人が深夜に物音をやたらと立ててくるおかげで寝不足気味だったのだが、夏井さんの誘いを受けてからは期待と不安半分ずつが頭の中で大盛りの中華麺みたいに絡まり合ってますます眠れなくなり、待ち合わせ当日にはなんだかゾンビのような顔つきになってしまった。

郊外のばかでかい土地というだけあって、休日の電車は行楽客でそれなりに賑わっていたものの、目的駅に降り立つとそれほど混み合っている風ではなかった。駅前にはなだらかな芝生の丘状に整備された公園兼サードウェーブなコーヒースタンド、真っ白な制服を身につけた店員が軒先で試飲のカップを配っている。その背後にそびえるタワーマンションが無遠慮に窓ガラスの反射光を放つものだから、すこし目が痛かった。

丘の上の広場には仕立てのいい服を着た老夫婦やツラのいいカップルや上等な毛並みの大型犬を散歩させる人が秋口の気持ちのいい青空の下にほどよい密度で存在している。豊かさと幸福の象徴はこれですよと言わんばかりの景色に胸やけしそうになった。都市が与えるユートピアは郊外に存在している。見渡せばそこかしこに緑があるけれど、ここに最初から自生する植物などひとつもないことが、そのことをよく物語っているようだった。やわらかく葉を揺らすトネリコの木も、静かな笑みをたたえる丘の上の人々も、ジオラマの中に配置されているような違和感があった。実際あの輪の中にも個別の人生があるのだとわかってはいるのだが。わたしが地元のさびれたショッピングモールや国道沿いのチェーン店にノスタルジーを感じるように、生まれたときからここに住む子どもたちはこの風景をいずれ懐かしんだりするんだろうか。
広場のゆるやかな緑道を抜けるとアレがある。広場の端で合流した夏井さんは、わたしの姿を見つけるとぱっと笑顔になって、ゆらゆらと手を振りながら駆け寄ってきた。麻のワンピースがよく似合っていて、かわいい。ものすごく美人というわけではなかったが、エステサロンで働いているという夏井さんの、少しだけ小麦色をした肌はきめ細かくてなめらかで、じぶんと同じ会社に勤めている女性の誰にも似てはいなかった。当の夏井さんはわたしのジトっとした視線を気にも留めず（たぶん）、オバケの風呂桶が売り切れていないかしきりに心配していた。

入り口のゲートをくぐると突き抜けるような高い天井や、迷路状になった広い売り場が眼前に広がり、わたしたちは小さく歓声をあげる。この店に来るのは別に初めてのことではなかったけれど、広くて物がたくさん売っている場所というのは、どこだってテーマパークに来たような高揚感に包まれるものだ。なんだかんだ言ってわたしは人並みにミーハーなたちなのである。使い勝手がいいんだか悪いんだかさっぱりわからないナイロンのどでかいショッピング・バッグを手に、順路に沿って売り場を回りはじめる。オバケの風呂桶はさすが人気商品らしく入店してからわりとすぐのところに積まれていて、夏井さんは早々に目的を達成してニコニコしていた。ただここは美術館のように、一度入るとほとんどすべての売り場を通過しないことには原則外に出られない仕組みになっているのだ。まだデートは始まったばかり。

迷路のような店内をだらだらと歩いて目についたインテリアを物色しながら、わたしは最近夜中の決まった時間に物音を立ててくる、上の階の住人の話をした。週に数回、深夜一時から二時の間に必ずごごごごごう、という決まった騒音を発するのだ。車輪のついた棚だか引き戸だかを移動させているような音だ。上は最上階の五階でいわゆるペントハウスになっていて、しゃべったことはないけれど契約書の書面上ではどうやら管理人の住まいとなっているらしい。一度、飲み会で遅くに帰宅した晩、五階へ続く非常階段の明かりがついていたのでふとのぞいてみたら、くだんの管理人がばっさばっさと洗濯物を干しているのを目撃してしまったことがある。そりゃまあ、狭いベランダに干すよか、非常階段の手すりのほうが広々使えるのはわかるけど。管理人なのに物音は立てるし共用部分で好き勝手し放題とは呆れたものだよねえ。と話したところで、じゃ、その管理人さんにはこういうのを買ってあげたほうがいいんじゃないと、夏井さんはランドリー用品売り場からキャスターの車輪にかぶせる防音キャップ（ピンクのラメ入り）をいつの間にか持ってきてくすくす笑った。いやだ、買うもんかと押しつけ合う。あー、楽しい。ショートカットができないという施設の仕組みは、なるほどテーマパークと少し似ているし、おしゃべりにはちょうどいい場所なのかもしれないとひとり合点した。

フロアの中盤あたりまでさしかかると、あたたかそうな食べ物の匂いが漂ってくる。フードコートだ。夏井さんもわたしもお腹が空いていたので、いったんここで昼食をとることにした。

わたしはここで食事をするのは実のところ初めてだった。アルミのテーブルや配膳カウンターはどこか外国の空港のような雰囲気で、めいめいトレイを持ってレーンに並んで好きなものを注文するというビュッフェ形式だ。あたりを見回すと、みなホットドッグのような軽食か、あるいは丸い肉だんごを食べている人が多そうだった。あれはなんだろう。メニューには「一番人気！ビヨンド・ミートボール」と書かれている。ビヨンドとは何かしらと思えば、どうやらプラントベース（植物性代替食品）のことらしい。つまりは豆腐ハンバーグだとか、そういう感じのものですね。健康によいだとか生態系への配慮だとか宗教だとかいろいろな理由があってこういう食べ物が存在していることはわかっているけど、この国の世間一般としてはまだわたしのような認識の——つまり肉か代替肉があれば迷いなく肉を選択するタイプの——人間が大半だろうし、これがこの施設で一番人気を誇るほど支持されているというのが意外だった。どれ、ものは試しに、ビヨンド肉に挑戦してみようじゃないか。

フードコートはそれなりに混雑していたが、よく設計された配膳レーンのシステムのおかげでさほど待つことなく奥から盛り付けられたプレートが手渡される。まん丸のミートボールが山盛りに、付け合わせのマッシュポテトと青菜が少々。見た目は素っ気ないけれど、添えられたキノコのソースはほかほかと良い香りがした。代替肉を使ったメニューは他にもいくつかあるようだったが、同じように列に並ぶ人のトレイをちらと盗み見ても、どれがそうであるか見た目には判断がつかなかった。

出口に近い窓際の座席につくと、あとからやってきた夏井さんがふたりぶんのクランベリージュースを持ってきてくれた。どうやらこのジュースも話題の品らしい。ひと口含むとたしかに甘酸っぱくておいしかった。フードコートって言っても、けっこうここはレベルが高いんじゃないだろうか。夏井さんはミートボールにも興味を持っていたが、フェアトレードの魚で作られたというムニエルを選んだようだった。じゃ、いただきましょうと言って、不自然なほど完璧な球体の形をしたミートボールをフォークでとりあげ口へ運ぶ。

ねちり。

という表現がもっとも正しい擬音であった。なんだか妙な弾力がある。食べ慣れた挽き肉のそれとは異なるテクスチャは、どちらかというと消しゴムをかじったような食感だった。うむと思いながら咀嚼するが、植物とも哺乳類とも魚ともつかない、たとえようのない風味が口の中に広がった。想像と異なるものを体内に入れようとすると一回からだが拒否するのか、うぇ、と喉の奥でえずいてしまう。クランベリージュースを飲む。吐き出さなくてよかった。夏井さんに見られたら行儀の悪い人間だと思われてしまう。わたしは食事のマナーに関してはきちんとしていたいたちなのだ。目の前の球体はたしかにミートボールの形をしているけれど、これは一体なんだろう。まるでSF映画で主人公がクローンと初めて対峙したときに感じる違和感のような、奇妙な得体の知れなさに冷や汗が出てきそうだった。

いっぽうで添えられたキノコのソースは塩気もほどよくクリーミーで、マッシュポテトと絡めるとおいしいと思えたけれど、ミートボール本体の味だけはよくよく舌の上で転がしてみても「わからない」というほか形容しがたかった。大豆や麦などを材料としているらしかったが、味に深みがないというか、消しゴムのような食感が先行するばかりで、その次にやってくる表層とは異なる香りやコクや、噛みしめることで発生するべき別の階層の味わいがまったく感じられないのだ。ビヨンド。本当の肉と違わぬ風味を期待したけれど、どうやら期待しすぎたようだった。これなら、最初から「大豆ボール」とかそういう名前で、豆の味を生かしたらよかったのに。なんだか無性にステーキやハンバーグが食べたい気持ちだった。人を食った熊がその味を覚えてしまうのと同じで、肉への執着とは、動物にとって切り離せないひとつの欲求であり依存なのかもしれない。食糧難に陥った未来で、「たまには本物の肉が食べたいのう」とつぶやきながら合成食品を口に運ぶ、じぶんの老いた姿を想像した。なんか、わりと実現しそうでこわい。そういう作品がなかったっけ。たしか監督はリチャード・なんとか……。

神妙な顔つきで咀嚼を続けるわたしを訝《いぶか》しんで、夏井さんが「ミートボールひとつちょうだい」と言ってきた。まだまだたくさんあるからぜひどうぞ。ロンギヌスの槍のごとくぷつりとフォークで完璧な球体が突き刺される。すこしの間、真顔でミートボールを咀嚼した夏井さんは、不思議な味だけどおいしいねと笑って、それからさっき見た犬や映画の感想や職場のちょっとした愚痴を話すのと同じように、おもむろに気候変動や食糧自給率の話をはじめた。ええと。

じぶんの食事に対する快楽よりも地球環境のことを優先できる夏井さんはひどく大人びて見えたが、同時にそれに対する正しい態度というものが、わたしにはわからなかった。訳知り顔で相槌を打っている最中、それまで感じることのなかったそわそわとした気分がつきまとっていた。この気持ちは、なんだろう。

残すのも悪いので大盛りの消しゴムを無理やり詰め込むと気分が悪くなった。どうしてこれが人気ナンバーワンなのだろう。夏井さんの感想もあてにならないし、じぶんの味覚がおかしいのかもしれないと、トイレに立ったふりをして個室でYahoo!知恵袋を検索してみると、「ビヨンド・ミートボールって変な味がしますよね?」という書き込みにしっかり九件の賛同コメントが寄せられていた。ありがとう。わたしはおかしくなかった。もし地球が食糧難に陥ったらこれら九件の書き込み主を探しあてて共同キャンプを作りたい。ビヨンド・ミートボールをつつきながら気候変動の話をしている最中、わたしは「それにしたってもう少しマシな味があるよね」と笑い合いたかっただけかもしれないと思った。このそわそわした気持ちは、カフェのテーブルにさっきまでなかった分厚いパンフレットを発見したときの諦めや落胆と、すこし似ていた。

ベルトコンベア状になった返却台に食器を下げると、ゴム扉の向こうにすーっとトレイや皿やコップがおかまいなしに吸い込まれていく。いくらでも眺めていられるような気もしたが、ふたたび売り場を回ることに。子ども部屋、書斎、キッチン、食卓。パッキングされた豊かな暮らしの提案は、ここに来るまでに見てきた丘の上の清潔そうな家族たちの持ち物によく似ていた。最大多数の求めるものはだいたいこんな感じになるらしい。星のレリーフが彫ってあるガーデンランタンや、くるみ色のチェストなど、通り過ぎていく売り場のなかでそそられるユニークな品物はたしかにいくつかあったけれど、これをわたしの無味乾燥なワンルームの一室に置いたところで何になるのかという気恥ずかしさが先行して結局何も買わなかった。

　夏井さんはオバケの風呂桶のほか、蜘蛛の巣をかたどった鍋敷きやパンプキン味のスナック菓子なんかまでぽいぽいとショッピング・バッグに放り込んでいて、もうすぐハロウィーンだから部屋を模様替えして友達を呼ぶのだとニコニコしている。だだっぴろいレジカウンターを抜けて、ほとんど手ぶらのわたしと、ふくれた買い物袋を両手にさげた夏井さんの組み合わせは傍から見て滑稽だっただろう。生活をいろどるための道具すら上手に選ぶことができないわたしには、少しの工夫で日常を楽しむことができる夏井さんが心底かがやかしいものに思えたが、それと同時に、環境問題に関心があるくせして、案外むやみに物を買うんだな、とも思った。わたしたちは、きっと何かが違うんだ。今日これだけたくさんの生活雑貨を前にしておきながら、夏井さんと一緒の生活というものを、まったく思い描くことができなかったのだから。誰かと暮らしを分け合うということは、きっとそういうことではないのだろう。いや、そもそも、付き合ってすらいないんだけど……。

　本当に欲しいものがなんなのかもわからないくせに代替品を突っぱねることと、本当に欲しいわけではないとわかりながらよく似たものを受け入れることのどちらも嫌だった。いつまでもじぶんのことばかりを考えている。なんだかここに来てからずっと、誰かの芝居を見ているような感覚だった。なんとなく居心地の悪さを感じて口数の減った帰り道で、夏井さんの機嫌を損ねたかどうかよりも、わたし自身の考え方やふるまいがどうであったかだけが気がかりだった。次の約束を取りつけないまま駅へと続く緑道をただじぶんの歩幅で歩いている途中、遊び疲れた子を抱いた美しい夫婦とすれ違う。その後ろ姿を、わたしはじっと眺めていた。

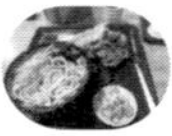

+フォロー

好食@一代男のおかわりもういっぱい!

こんにちわ! (^O^) 好食@一代男です。
食べてる時がイチバン幸せな70代オヤジの日常を、
徒然なるままに・・・

新感覚!未来のお肉 (^O^)

ブログテーマ：プラントベース

★今回のおかわりもういっぱい!★
『IDEAフードコート』
ビヨンドミートボール@650円

今回は、IDEAで話題のプラントベース（植物由来の加工肉）に挑戦(^_^)v
ミートボールは、弾力むっちりで食べごたえバツグン!
未来に思いを馳せました。

町でいちばんのうどん屋

師走師走というけれど、うちの会社が忙しいのはどちらかというと年度末にあたる三月のほうで、十二月はもう月の半分を越えると一気に店じまいモードだった。一年のうち、この呑気なシーズンにさしかかると営業所にもまったりとした空気が漂いはじめて、いつもはどうでもいいことで文句をつけてくる部長も呆けた顔で、日の当たるデスクでのんびりと競馬新聞をめくっている。要するにヒマなのだ。やることといったらお歳暮の在庫確認に、会社名義で取引先に送る年賀状兼DMのレイアウト、それから忘年会の店選びくらいだ。今年は年内で退職する人も特にいないから送別会を兼ねる必要もないし、部長の好きそうな日本酒の店でもチョイスしておけば間違いないだろう。食べログで目星をつけた店の候補のいくつかのURLをコピーして、課長にメール送信する。「件名：忘年会のお店候補につきまして」。こんなことをしているうちに午前中が終わるのだ。

昼めしの牛丼をかっこみながら、片手でSNSを開けばシャンパンにアフタヌーンティーにホテルのプロポーズと、学生時代の友人たちの派手な遊びの近況がばらばらと流れてくる。同じゼミだった女子のアカウントの、箱が横にパカッと開くタイプの超・高級婚約指輪の写真とともに添えられた芸能人気取りのタイトル「ご報告」に、おまえは一般人だろうが、と内心毒づきながらいいねを押しておく。じぶんの手元にあるのは、アルミの蓋が上下にパカッと開く紅しょうがの容器だけ。胸のあたりがなんだかむずがゆくなって、蓋を無駄にパカパカやって残り半分になった牛丼を紅しょうがで味変してたいらげる。課長から、昼前に送ったメールの返事が来ていた。「Re：忘年会のお店候補につきまして」。どうやら候補はどれも問題ないらしい。では、午後は忘年会の出欠確認に、のんびり明日の出張準備でもして帰るかな。

新卒で入社して七年目。もう三十路になるというのに、ＯＡ機器を扱う小さなメーカーの、さらに小さな営業所の中では、わたしはまだまだかわいい若手だった。じぶんのやっていることは、新興のＩＴ企業やマスコミでばりばり働いている友人たちと比べたら隔世の感がある。すでに二回や三回転職しているやつもいれば、ディレクターだとかチーフだとか、よくわからないけどもうちょっとした役職に就いているデキるやつもいる。同じ東京で働いていたって、時間の流れるスピードはそれぞれ全然違う。彼らに会うたび「ホワイトでうらやましい～」と口をそろえて言われるけれど、それはそれとして、彼らが各々社会にコミットして、日々揉まれながらもじぶんの職業に誇りを持っていることのほうがわたしにはうらやましく思えた。彼らと同じように、オレらで日本を動かしていますみたいな颯な顔をわたしもしてみたいものだと思う。

定時きっかりで帰宅してつけたテレビでは、今の若者はもっと競争をしないとダメなんだと経済評論家のジジイが口角泡を飛ばしていたけれど、それは本当におっしゃる通りなんでしょうねと自嘲する。この国のGDPを下げているのはわたしのようなお気楽人間でーす、ごめんなさいねー、と画面に手を振った。リモコンのボタンを押して接続をぶつりと切ればジジイの顔も同時に消滅する。GDPとGNPの違いってなんだっけと布団に入ってからふと気になり、よく眠れなかった。

翌朝は少し早めにマンションを出て社用車を取りに社へ寄り、そのまま出張先へ。年末の出張は気楽でいい。昨日の午後、形式上こしらえた簡単な新商品の資料とサンプルを持参しつつ、お歳暮の菓子折りを配りに行くだけの楽な仕事だ。同じ都内にある取引先は既にだいたい回り終えていたから、今週からは数社ほど担当している、他県の取引先への挨拶回りが主だった。どこも会社から特急列車を使えば一、二時間くらいの場所にあったけれど、荷物もかさばるし、誰も使っていない日は社用車を使うことにしている。多少早起きする必要はあっても車を運転するのは好きだし、じぶんひとりの出張はいい気分転換だった。まだ人もまばらな営業所で荷物を整理し、ホワイトボードの予定表に取引先の名を走り書きして出かける。今日はほとんど休みみたいなものだ。

取引先とのアポイントは十三時。平日昼間の高速道路は思った以上に空いていて、一時間近くも早く着いてしまいそうだった。視界の左半分に流れてくる案内標識をちらと見れば、数キロ先に比較的大きなサービスエリアがあるようだった。いったんここらで休憩しよう。

駐車場を占めているのは大型トラックがほとんどで、サービスエリアの中にあるおみやげコーナーなんかはさすがに閑散としていた。コーヒーでも買って車の中で休むかと思ったけれど、おみやげコーナーの先にある、フードコートのような食堂のにぎわいが少し気になって足を止める。学食に似たただだっぴろい、長机がどっかりと並ぶその空間には、トラック運転手らしき体格のいい男たちが一心不乱にぞろぞろとそばやうどんをすすっていた。カウンターの奥は厨房になっていて、白い三角巾を頭に巻いたおばちゃんたちが湯気の向こうでテキパキと働いているのが見える。それはまさに、労働者の食事場というにふさわしい神聖な光景だった。まだ昼前の時間だったが、彼らの姿を見ているとなんだかお腹がすいてくる。昼食は取引先への挨拶を終えてから食べようと思っていたけれど、早めに済ませたっていいだろう。

迷わず買った食券をカウンターへ渡せば、速度をゆるめることなくテキパキと手渡されるカツ丼。衣は薄くさっくりと揚げたてだし、ちょっと甘辛いタレも後を引くうまさだ。肉も米も地元のブランドを使っているとも書かれていた。地物と聞けばそれだけでうまいように感じるめでたい舌なのでありがたくいただく。ちょっと前までサービスエリアの食事なんてもっと適当で、インスタントな感じの料理しか出てこなかった気がしたけれど、いまどきこんなところでも地産地消を意識しているんだ。たいして競合もなさそうだしもっとあぐらをかいたっていいはずなのに、まさに企業努力ですね。と、脳内で昨晩見た経済評論家のジジイの口調を真似しながら残りをたいらげる。おみごと。目的地までの通過点でしかないサービスエリアで出される、通過点の郷土食。でもなんとなくその土地の名前は記憶に残った。

こうなるともう旅行気分であるが、さすがにこれ以上気をゆるめないように、カップコーヒー自販機の、クリーム砂糖抜きブラックのボタンを押す。生中継だか録画だかいまだにわからない抽出映像に合わせてルルルンルンルンルルルンと流れてくるコーヒールンバを聞きながら、持ってきた提案資料の内容をおさらいした。毎度同じことの繰り返し。四ヶ月前にも似たような出張に出かけたはずだ。あれはお中元の挨拶回りだった。この生活を何回か繰り返せば主任、課長、さらに何十回か繰り返せば部長のできあがり。終身雇用なんて古い考えだと言われようとも、それが弊社のスタンダードなんだから他人に文句を言われる筋合いはないのだ。とはいえオンライン会議も導入していないような遅れっぷりで、うちの会社が数十年後も生き残っていられるかは甚だ疑問だったが。

高速道路を二時間、大した道のりじゃあないが視界の先には山々が連なり、景色はすっかり地方都市のそれだ。きっかり十三時に、取引先へ到着すると、いつもの担当者と一緒に、なんと営業部長の田貫さんまで出てきてくれたのでちょっとおののく。主には空調や電気設備の施工を請け負う会社だが、年末で暇なのはお互い様ということだろうか。急ごしらえの提案資料をやけに興味深そうにぺらぺらめくってくれるので、こちらも多少熱をこめてプレゼンしてみる。「屋外での作業現場で使いやすい！」が売りの、ファスナーケースつきバインダーに、好きな幅にセルフカットできる配線カバー、サインボードの上から貼って剥がせる防水防塵フィルム……がもっかの新商品。たまたま、本当にたまたま持ってきただけだ。

田貫さんはいくつかのサンプルを神妙な顔つきで手に取って撫で回す。すっかり油断していたけれども、お暇な我が部長へのみやげに何か儲け話でも持って帰れたら出張した甲斐があるってもんだ。田貫さんはわたしの話を最後まで聞くと、担当者とぼそぼそ話し、バインダーを手に取って「ここにもうひとつ、ファスナーがつけられるといいんだけどネ」と言った。そんなことはお安い御用である。そりゃもう、ぜひに。あと、配線カバーもあらかじめ指定の寸法に合わせて納品してくれたら一緒にお願いしようかな、とのお言葉に、内心ガッツポーズをとる。儲かるってほどの仕事じゃあないが、手ぶらで帰るよかずっといい。いやあ、今日こんなお話させてもらえると思いませんでしたよう、と出された茶をすすりながら軽口を叩けば、田貫さんは腕時計をちらりと見て「お昼、まだでしょう。東京からわざわざ来てもらっちゃったし、どう、近所にうまいうどん屋があるの」とにんまりしながら言った。さっき通過点の郷土カツ丼を食ったところだったが、まだまだ食べ盛りの三十路、どうってことはない。そりゃあもう、ぜひにぜひに。

田貫さんと担当者とわたし。三人連れ立って、取引先の社屋から歩いてすぐの場所にうどん屋はあった。さほど大きくはないが立派な構えで、入口の暖簾にはちょっと色褪せた文字で「うどんそば」と書かれている。どうやらこの町では有名な老舗らしく、がらりと引き戸を開けてくぐると、すぐの壁には芸能人のものらしきサイン色紙がびっしりと飾ってあった。それぞれの名前にあまり見覚えはなかったが、まあ、ローカルタレントか何かなんだろう。店はランチのピーク時間帯を過ぎたのか混んではおらず、手前の席で五、六十代くらいのおばさんが茶を飲みながら壁掛けのテレビでワイドショーを眺めているだけだった。天井が高いせいか、いやにひっそりとしている。中へ進むと、石油ストーブの独特のにおいが鼻をかすめた。他人の家に上がり込んだような奇妙な感覚があった。

店の人はいっこうに出てくる気配はなかったが、田貫さんはいつもの定位置でもあるのか、真ん中の四人掛け席にどっかりと勝手に腰掛ける。さすがに店の人は、と思ってきょろきょろ見回していると、さっきテレビを眺めていたおばさんがおもむろに立ち上がり、「いらっしゃ～い」とやる気なさそうにお茶のポットと品書きをわたしの目の前にどんと置いてきた。おばさん、店の人だったのかよ。てっきり先客だと思ったので少し面食らったまま、卓に備え付けられたコップに茶をそそぐ。コップは印刷のかすれたハローキティの絵柄で、ふちを触るとギリギリ気になるか気にならないか絶妙なラインの汚れが付いていた。店の中をよく見れば、目につく範囲のそこらじゅうに、段ボールや古い什器が積み重ねられている。これもギリギリ気になるか気にならないか絶妙なラインである。うん、なんというか、他人の家みたいだ。

「この辺でうどんといったらこの店だよ。ま、他に昼飯食えるとこなんてないんだけどね。アハハ。僕はねえ、いつもごぼ天うどん」と、田貫さんはコップの汚れなどおかまいなしに、品書きを指差してあれこれ説明してくれる。すでに若干接客態度と衛生面が気になっていたが、地元の名店といううんならそうなんだろう。郷に入っては郷に従え。それに、品書きに書かれていた豊富なメニューのどれもが驚くほど安かった。天ざるにご飯と漬物のセットをつけたって千円でおつりがくる。これは近所にあったら、重宝するかもしれないな。

じゃ、わたしもごぼ天うどんにしますと言うと、ウムと頷いた田貫さんは厨房に向かって、おぅ〜い！　とばかでかい大声で叫んだ。急に大きな声を出されて驚いている間に、奥からはさっきとは別のおばさんBが、割烹着の裾で手を拭きながらよたよたと出てくる。「えーっとネ、ごぼ天うどんふたつに、お前はなんにすんの、卵とじ？　うどんのほうね。ウン、じゃそれで。あと灰皿ちょうだいね」。田貫さんはやけに横柄な態度で痩せぎすのおばさんBに注文をつけたあとで、さっきの提案書の話をもう一度繰り返す。年度内の備品の予算がまだ少し消化しきれていないというのが実情らしかった。なるほど、それはぜひおこぼれにあずかりたいというところ。じゃ、お見積りは明日にでもお送りしますねぃと元気に返事をしたところで、三人ぶんのうどんが運ばれてくる。今度は茶を出しに来たおばさんAとも、注文を取りに来たおばさんBとも違うおばさんCだった。どうやらこの店は以上の三人で切り盛りしているらしい。みな同年代くらいにも見えたが、家族なんだろうか。学生時代に見た『三婆』という有名な喜劇のことを思い出す。ここが舞台セットだとしたら、おあつらえ向きのいい店構えだ。

ハイ、ごぼ天うどん、卵とじうどん、それからたぬきうどんね。いつもありがとうね。おばさんCは愛想よくビッグサイズのどんぶりを三人ぶん、テーブルにどんどこどんと並べていく。思ったよりもビッグサイズである。というか、待てよ。明らかにわたしの注文を間違えられている。注文した覚えのないたぬきうどんが目の前に。田貫さんはごぼ天うどんふたつ、とたしかに注文してくれたけれど、おばさんBはメモを取っているそぶりがなかったし、聞き間違えたんだろう。田貫さんはすかさず気がついてまた厨房へ向かって叫ぼうとしてくれたが、いえいえ、たぬきうどんと迷ってたんで全然大丈夫でいす、と返しておく。またあの横柄な態度を目の前で取られては、居心地が悪くなりそうだったのだ。

割り箸をぱきりと割って、さああったかいうちに食べましょう、わあおいしそう、と言いかけた口を思わず閉じる。目の前のたぬきうどんとやらは、見るからに油をたっぷり吸い込んだ揚げ玉で汁が見えないほど覆い尽くされていた。つゆの香りの前に、ツンと鼻をつく油のにおいが邪魔をする。

くさい。なんだか本能がこれを食べることを拒否しているような気がしてきた。箸をどんぶりに突っ込み、まずは麺をひっぱり出す。ひっぱり出すという形容のほかに適切な単語が見当たらないほど、どんぶりの中では麺と大量の揚げ玉が絡み合っていた。なんとか引き上げた麺をひと口含むと――やわらかい。しかも、箸で持ち上げるだけでぶつぶつと切れてしまうほどやわらかい。別に讃岐うどんを信奉しているわけではないし、郷土料理でよくあるやわらかいうどんも好物ではあったが、これはなんというか次元が違った。あえてやわらかいのではなく、結果的にやわらかくなった、というようないい加減さがある。絶対に茹で置きのうどんだろう。麺の太さがバラバラなのも気になった。バラバラということは手打ちなんだろうけど、手打ちまでしておいてこうもひどい見栄えになるのはなんだか納得がいかない。もうちょっとこう、やりようってものがあるだろう……。

そこまできて、はっと我に返って顔を上げる。田貫さんはわたしを見つめて、どう？ と自慢げに眉を上下させていた。やばい。ええと、いやすんごいボリュームですね！ ええと、あつあつだし、手打ちの温もりがなんか、ありますねハハハ。あつあつだし。と大声で返す。ちょっと冗談じゃないけどうまいとは言えない。つゆだって明らかに煮詰まりすぎていて濃く、そして鼻の奥でわずかに感じられる程度であるが、たしかに酸っぱい味がした。この酸っぱさの正体をわたしはほぼ確実に言い当てることができる。たとえば夏の日にうっかり冷蔵庫にしまい忘れた残り物のカレーだとか、油断して常温で放置しすぎたおでんの鍋だとか、そう、確実に「その状態」と同じ酸っぱさであった。だが、田貫さんはわたしの返事を聞くと、満足げにごぼうの天ぷらをザクザク咀嚼した。それも見るからに天ぷらの衣が分厚くて岩でも齧っているようだったが、どうやら彼は本気でここのうどんをうまいと思っているらしい。隣の担当者も同じように、あったまりますよねえ、とのどかな表情を浮かべながら、ほとんど生のようにも見えるプルプルの卵をどんぶりの中でかき回している。ばっかじゃねえの、と思ったが、地元の名店という言葉がよぎる。もしかしてわたしの味覚だけがズレているんだろうか。さっきまで言葉の通じていた商談相手が、急に宇宙人に姿を変えたかのようなおそろしさがあった。田貫さんの唇が天ぷらの油でぬめっと光る。

なんにしても、連れてきてもらった店で残すわけにはいかない。腹の下にぐっと力を入れて、懸命に手も口も動かしてみたけれども、おそろしいことに食っても食っても漆黒のつゆの奥底から麺と油にまみれたカスがどんどん出てくる。ほとんど生ゴミに近かった。なくならないというか、むしろ増えている。ドラえもんに出てくる「バイバイン」という、物が倍に増えていくひみつ道具のことを思い出して気持ち悪くなった。助けてドラえもん。このどんぶりごと宇宙空間へ放り出して廃棄したい気分だった。おまけにいつの間にか三婆たちはわたしたちの斜向かいの座席に陣取って、他に客がいないのをいいことに保険会社の悪口とリウマチと芸能人の不倫についいてべらべらと井戸端会議を繰り広げている。婆Bがやけに口を開けたり閉じたりしているので、どうかしたのかと思ってよくよく見ていると、なんとしゃべりながら指を口に突っ込んで入れ歯をはめているではないか。おいクソババア、と立ち上がって罵りたくなる衝動をなんとか抑える。まさかさっきからその手で……いや、考えるのはよそう。

しかしこれはどう考えても、他人をもてなすために出していい料理じゃないだろう。安いといったって、こんなものにはびた一文も払いたくはなかった。仮に奢ってもらうとしてもごめんだ。汚れたコップ一杯の茶をひといきに飲み干し、こみ上げる吐き気をどうにか抑えてわたしはぎりぎり笑顔を作った。帰りたい。

入れ歯のシーンを目撃したことで食欲が一気に落ちてしまったものの、結局どうにかこうにか卓上の七味唐辛子と胡椒をフル活用して味変したり、お茶を何杯もおかわりしたりして、わたしはあの暴力的なうどんを完食することに成功した。食べ盛りの三十路でよかったです。先方のふたりに見送られたのち、社用車の中で盛大にため息をつく。普通に吐きたい。シートベルトすら苦しくて装着したくない気分だった。

ショートメールで課長に手短に出張報告を済ませ、西日のきつい高速道路を下る。脇にそびえるお城みたいなラブホテルのネオンがだんだんと点《とも》りだすころだった。ばっかじゃねえの。と、じぶんひとりの社用車で今度は声に出す。声に出したらすっきりしてきて、そのままべらべらと悪態ワンマンショーを繰り広げながらアクセルを踏んだ。食べ始めたときはがっかりしたのに近い気分だったが、今は猛烈に怒りがわいてくる。なんなんだ、あの店は。というか、それを自慢げに紹介してくる田貫さんもなんなんだ。「ま、他に昼飯食えるとこなんてないんだけどね。アハハ」。三婆ども、そんな環境にあぐらをかいていては、今朝出会ったあの神々しいサービスエリアの食堂に失礼ではないか。テキパキと働くあの三角巾の女性たちを思い出す。こんなに腹立たしい気持ちになったのは久しぶりだ。

車のＦＭラジオからは、リスナーからのお悩み相談に答える、ベテランパーソナリティの渋い声が途切れ途切れに聞こえてくる。

《あなたらしく生きていればそれだけで十分。周りの人のことなんて気にせずどうかリラックスして。さあそんなあなたに元気が出るナンバーを一曲お届け。どうぞお聴きください、ウルフルズ『ええねん』……》

あかんねん。やはり適度な競争は人間社会の維持形成にとって必要だと思いまっせとトータス松本に言い返したくなってラジオを消す。誰とも競争しなくていいという環境は、どうしたって怠けが発生するものなのだと今、身をもって体感してしまった。

競争。今のうちにもう少しやりがいのある仕事ってやつを経験してもいいのかもしれない。かばんの中にしまわれた適当な提案書の存在を思い出す。ファスナーつきのバインダーは、たとえば地面に置いても傷がつきにくいように、表面の加工を変えてみるとか、クリップの強度を変えてみたらどうだろうとか、今ごろになってアイデアが浮かんでくる。三婆のうどんが、似たようなことの繰り返しで形成されるであろうこの会社でのわたしの未来を暗示しているような気にもなったのだ。このままでは、きっと転職すらままならないだろう。

ハンドルを握り直す。あとはひとまず、このエピソードは正真正銘のみやげ話として、今年の忘年会で絶対に披露しようと心に決めたのだった。

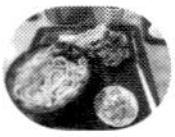

+フォロー

好食@一代男のおかわりもういっぱい!

こんにちわ! (^O^) 好食@一代男です。
食べてる時がイチバン幸せな70代オヤジの日常を、
徒然なるままに・・・

しみる〜お母さんのあったかうどん (^O^)

ブログテーマ：うどん

★今回のおかわりもういっぱい！★
『うどんそば渋沢』
ごぼ天うどん@480円

あったか〜いお出汁に、ザックザクの歯ごたえ十分な衣を浸すと最高にgood！
チャキチャキお母さんの、笑顔もあったか〜い名店でしたm(_ _)m

愚者のためのクレープ

出勤のためにエレベーターホールからエントランスを通り抜けようとすると「たすけて」と蚊のように細い声が背後から聞こえてきた。ぎょっとして振り向くと、壁から若い男の生首が生えている。

思わずたじろぐと、生首は焦ったような顔をして、待ってくださいあの僕102号室の者です、えっとですね、ちょっと締め出されちゃってあの、と小声で、でもしっかりとまくし立ててきた。一瞬驚いたがよく見れば生首ではなく、エントランスの奥、集合ポストの設置された共用部分の壁に首から下を隠しているだけのようだった。

「オートロック、開けてもらえませんか」

男の首は懇願する。ああ、ええと、もちろんいいですよ。別にオートロックで締め出されるなんてありがちなことだけれど、どうしてこの男は不自然に身体を隠しているのだろう。スラックスのポケットから鍵を出して解錠してやると、エントランスの内扉がうぃーんと開いた。振り向いてどうぞ、と言うと、男はぬうっと集合ポストの壁から姿を現した。が、彼はパンツのほかには何も身に着けていなかった。そしてなぜか、片手にはインスタントラーメンの袋を握りしめていた。

あっけにとられていると、男は心底恥ずかしそうに、あのちょっと彼女といろいろあって……

と言葉を濁し、マジでありがとうございます、とへこへこ頭を下げながらエレベーターに乗り込んでいった。痩せた後ろ姿を見るに、どうやら大学生くらいだろう。どういういろいろがあってパンツ一丁でエントランスに放り出されているのかも、それからどうするのかも知らないが、わたしはここに越してきてから初めて他の住人と言葉を交わしたなと思った。記念すべき第一村人が半裸のラーメンマンというのは極めて遺憾だけれど。頭の中で所ジョージがニヤニヤ笑う。もうとっくに放送終了した番組だと思っていたら、普通にまだ現役で放送していたのを、このあいだ会社の若い子から聞いて驚いた。そして、まだ同じ番組の話題で盛り上がれる余地がわずかにあって、ちょっとホッとしたのだ。

しかし、彼はどのくらいの間あそこに身を隠していたのだろう。たまたま通りかかったのがわたしで良かったねと思う。相手が悪かったら普通に通報されている。というか、彼女がどうとか言ってたけど、ここは単身用マンションなんだけどな……。

そういうアクシデントも発生したとはいえ、単身用マンションというのは基本的には静かでいい。下期の人事異動のせいで、会社の勝手な都合で突然こちらの営業所に転勤させられたのは癪《しゃく》だったけれど、ここを斡旋してくれた総務部には多少感謝してもいいかもしれない。もともと就職してから住み始めた、東京と神奈川の境目にあるベッドタウンの古くて巨大な集合住宅は、平日休日昼夜問わず子どもの泣き声やそれを咎める老人の怒鳴り声や深夜になってから突然掃除機をかけだす両隣の住人などなど、住宅規模の大きさに比例してさまざまな人の発するさまざまな音が四六時中響いているような場所だったのだ。上下階も両隣もお互いの顔を知っていたし、今どきわりとしっかりした近所付き合いがあるような古典的な集合住宅。その明け透けのなさに助けられることも多かったし、好き好んでここに住んでいるのだから仕方ないと割り切りつつ、かといって身体がすっかり慣れてしまうかといえばそうでもないわけで。いつもうっすらとした不眠がつきまとうばかりの日々だったのだ。加齢とともにくぼんできた目元には慢性的に灰色のクマがあり、揉んでも洗ってもべったりと取れない。ため息をつく。なんだかじぶんの息もくさいような気がして、最近までは一日三回のマウスウォッシュも欠かせなかった。

本社を離れて住むことになったこのコンパクトなマンションの201号室は東向きで、カーテンから漏れる陽の光で目覚めることができるというこの上ない条件の部屋だった。スヌーズ機能が呆れるくらい繰り返しアラームを鳴らしてもいっこうに起きられなかった今までの生活とは大違いだ。昼間はそのぶん、あまり陽が入らないようだけど、平日はどうせ仕事に出ているのだから関係ないことだった。

快適に起きられるようになってからは、オッサンなりに肌つやもいいし、気のせいかもしれないけど息も爽やかな感じだし、じぶんの健康状態がぐんぐん良好になっているとわかる。慢性的な疲労は歳を重ねたせいだと思い込んでいたが、どうやら清潔で静かな寝床が用意されているだけで解決できる不調というのは、意外とあるらしい。もはや、春先の健康診断が楽しみなくらいである。

急に転勤させられてきた人間は慣れない土地で心身のバランスを崩すことも多いのだろうが、わたしの場合は逆だった。そもそもわたしの出身はもともと、ここ東京北部のあたりなのだ。中学まで、今のマンションからそう遠くない河川敷の近くで両親と弟と四人で暮らしていた。父の転勤が多かったものだからたくさんの町に移り住んだけれど、わたしにとってはこの町にこそ子ども時代の思い出が詰まっているし、懐かしさを覚える場所だった。実家があるわけでも、交流のある知人がいるわけでもない。でも、一時的とはいえせっかく戻ってきたのだから、思い出の場所をたずねてみたいという気持ちに駆られていた。量販店で一番安い自転車を買い、週末のたびに河川敷や通っていた中学校や公園を見に行ってはスマホで写真を撮って、この町にも当時と変わらない部分がまだいくらか残されていることを確認する。それだけが、しがない根無し草であったわたしにできた、新しくて唯一の趣味だった。

けれども多少中心部から離れているとはいえ、やはり東京だ。家族でよく行ったレストランやショッピングセンターはとうの昔に取り壊されていて、面影すらも残っていなかったのだから。何度か週末を重ねるともう行く場所も目星がつかなくなってきて、そろそろこの「思い出ダーツの旅」も終わりかなと思いながらグーグルマップを眺めていると、画面の端に小さな遊園地の名前を見つけた。

ここ、まだあったのか！　名前を見た瞬間に記憶がよみがえる。弟が生まれる直前、母が入院しているころに父が一度だけわたしを連れて行ってくれたのだ。半日もいれば園内を回りきってしまえるくらい小さな、由緒正しき町の遊園地。こういう、子どもをよろこばせるためだけの場所なんて、かつてはどこにでもあったような気がしていたけれど、気がついたらずいぶん姿を消していたようだった。どれどれ。調べてみればホームページも古めかしい仕様のままで、なんだか愛おしい。バスを乗り継ぐ必要はあったけれど、ここから小一時間もかからないくらいの距離だ。次の週末は絶対にここへ行こう。わたしはグーグルマップに勢いよく☆のピンを打った。

弟が生まれたのはわたしが五歳の時だった。出産に伴う短い入院とはいえ、母と離れるのが寂しくてしょげていたわたしを、父なりに元気づけようとしてくれたのだと思う。何に乗ったかはあまり覚えていなかったけれど、ミニ観覧車だとかローラーコースターだとか、そういう類《たぐい》だったろう。やけに覚えているのは、ベンチで食べた父作の塩辛いおにぎりと、売店のクレープである。父はそのどちらも一口食べては顔をむっとしかめて、こんなのは残してもいいぞと言ったのを、わたしはおいしいと言い張ってたいらげたのだ。まだ五歳である。別に父に気を遣うなんて芸当ができたわけもなく、ただ味覚が未発達で、味の善し悪しがわからなかっただけである。モーレツ社員と呼ばれた世代、健啖家でもあった父もよほどたまげたのか、家族で食事に出かけるたびにこの話をして、食わなくていいって言ってるのに、気がついたらぺろっと食べちゃってさあ、と何度でもひとりで笑っていた。

土曜の遊園地はそれなりに混んではいたが、ちゃちな町の遊園地など今どきの子どもはきっと見向きもしないのだろう、園内の大半は赤ん坊くらいの本当に小さな子を連れた家族か、レトロ風の写真映えを狙ってやってきたらしい若いカップルのどちらかだった。あとは、なんだか怪しい雰囲気の、やたら色気にあふれた中高年男女。ありゃあ不倫だな。

入り口のカウンターで入園券を買う。大人八百円の入園券があればとりあえず中に入れて、アトラクションに乗るためにはそれぞれ個別の料金がかかるというシステムだ。三千円の一日フリーパスを買ってもよかったが、ひとりでアトラクションに乗りまくろうと思えるほど、肝が据わってはいないのでやめておく。

見るからに小規模な園内は全体的に大味なテイストで、わたしにとってはその統一されていない世界観がひどく懐かしかった。ところどころ塗装の剝げた、ただ上下にはねたり回転したりするだけの乗り物、クレーンゲームやメダルゲームを雑多に並べただけの屋内スペース（BGMは浜崎あゆみやモーニング娘。のカラオケ音源が垂れ流し）、ちょっといびつで顔の怖い着ぐるみ、知らないシンガーソングライターや手品師の謎のパフォーマンス。わたしの思い出のレストランやショッピングモールはあっけなく取り壊されてしまったというのに、都市圏にこんな施設が三十年以上もまだ残存しているだなんて拍子抜けだ。ここだけが忘れ去られた土地のように、強烈なノスタルジーを放っていた。

園内をあちこち眺めていると、広場の端に売店を見つける。クレープ、ソフトクリーム、そば、うどん、スパゲッティ、ラーメンという、手当たり次第なんでもありそうな品書きが薄汚れたガラス戸に貼りついていた。父と来た売店はここだ。あの時に頼んだものがなんだったか具体的には思い出せなかったので、カウンターで品書きを指さして、一番上に書いてあったイチゴチョコクレープを注文する。六五〇円。それが相場として安いのか高いのか判断はつかなかったが、クレープと言った瞬間、レジを打っていた店員の女が一瞬めんどくさそうな顔をしたのをわたしは見逃さなかった。

ひどく疲れた表情におおよそ似つかわしくないギンガムチェックのエプロンを身に着け、遊園地のロゴが刺繍されたキャップを目深に被っている。会計が終わると女はガラス張りの厨房へ移動して、平たい天板の上でだるそうにクレープを焼き始めた。甘く小麦の焼ける匂いが漂ってきて、わずかに空腹を覚える。T字の棒きれみたいな道具を使って、砂場の整地でもするように緩慢な速度で生地が伸ばされていく。あまりに不躾に観察しすぎたのか、女がさりげなく身体の角度を変えたので、それからはクレープ作りの様子が見えなくなってしまった。

ほどなくして、どっぞ、と遊園地のくせにひどく無愛想に手渡されたイチゴチョコクレープはずっしりと重たかった。大量に詰められたホイップクリームだ。とにかく量が多ければヒトは満足するでしょうという短絡的な考えで作られた愚者のためのクレープ。あたたかくも冷たくもないただぬるくてクチャクチャした生地に、てっぺんには申し訳程度に突き刺さったぺらぺらのイチゴが数枚、さらに申し訳程度といってももう少し誠意を見せろと言いたくなるくらいには少しだけのチョコレートソースが黒光りしていた。

これこれ。と、口角を歪ませながら思わず声に出してしまう。どこからどう見ても期待通りだ。添えられたプラ製のスプーンは使わず、まずはひと思いにかぶりつく。なまぬるい生地は見た目通り焼けてるんだか焼けてないんだかわからない仕上がりで、イチゴやチョコレートソースを包むどころかお互いを邪魔し合うとんでもないミスマッチぶりだった。もちゃもちゃと食べ進めてすぐに生地は破けて、ぬるり、と口の端からクリームが飛び出る。これがまたベタベタに甘ったるいうえに、植物性油脂特有の、膜を張るような油っぽさが舌にはりつくのだ。これはこういうクリームの味が決め手になるようなお菓子に使うのではなく、コーヒーゼリーだとかプリンの頭に、爪の先ほどちょこんとのっけるくらいの用途に使われるタイプのクリームではないだろうか。実に粗悪なホイップクリーム！　これが持ち手の下までぎっちりと詰まっているのである。お約束通りイチゴが入っているのは上から数センチのところまでで、あとはこのひどいクリームが詰められているだけだ。工事現場の三角コーンにセメントを流し込んだらこんな感じだろうと、わたしは重たいクレープを持ちながら気味の悪い想像をした。

メリーゴーラウンドを前にして、白茶けたベンチでただひとりイチゴチョコクレープをむさぼる中年の姿を通りすがりの幾人かが一瞥したが、すぐさまわたしの存在など見もしなかったように去っていった。あたりを見回してみれば、写真を撮り合うカップルや親子など遊園地にふさわしそうな人々にまじって、わたしのように焦点の定まらない目でぼんやりと園内をうろついているだけのボサボサ頭の人間というのも、わりと存在していることに気づく。チケット代だけで一万円近くする本気のテーマパークとは違って、町の遊園地というのはたしかに映画館よりも安い値段で入園できるし、入ってしまえばアトラクションなど乗らずとも自由にいくらでもいていいのだから、格好の暇つぶしスポットなのかもしれない。ほぼパチンコ屋のようなものである。遊園地のほうが外の空気も吸えるしパチンコ屋よりはいくぶん健康によさそうだが。

クレープは本当に持ち手の下までホイップクリームがぎっちり詰まっていた。どうせぼろい商売をするならばクリームも出し渋ったっていいものを、これだけは過剰なまでのサービスなのか、あるいはヤケクソなのか知る由もないがいじらしくて笑えてくる。途中から胸やけがしたけれど律儀に食べきって、包み紙を売店脇のくずかごに捨てる。もう夕飯はいらないかもしれないな。父がひと口で顔をしかめた理由を、わたしは数十年の時を経て理解した。当時ですら既においしいクレープは世に出回っていたはずだから、ここのはよっぽど子ども騙しである。遊園地の売店という立地に甘んじていたとはいえ、よく今の今まで淘汰されずに生き残ってくれたものだ。クレープなんてちょっとコツをつかめば、だいたいはそれなりにおいしく作れそうなものだけれども……。

売店のカウンターをちらりと見れば、小さなリュックサックを背負った五歳くらいの男の子がぐずっていた。ミッキーいない、もっと大きい観覧車がよかった、クレープおいしくない、と泣きべそをかきながら訴えており、傍《かたわ》らで食べかけのクレープを持ちながらおろおろしているのは男の子の祖父母のようだった。そりゃあ今の子どもは騙されてはくれませんよなあ。困った顔で男の子をなだめすかす祖父母の姿を、じぶんの両親に重ねて胸のあたりがきゅっと縮んだ心地がした。この調子じゃ、そう遠くないうちにここもやがてなくなってしまうんじゃないか。そんな気がして、つい先週まですっかり忘れていたくせに、そうなったら嫌だなと思った。遊園地がなくなることそれ自体ではなく、それに伴ってごく個人的な、別の何かも喪《うしな》ってしまうような気がしたのだ。

ふたたびベンチに腰掛けて辺りをじっと眺めていると、じぶん以外のすべての人が、メリーゴーラウンドの木馬のようにぐるぐると光を放っているような錯覚におそわれた。わたしはここに、何をしに来たんだっけ。急にじぶんが老けたような気がして、顔を触る。転勤してきたばかりで、少しハイになっているのかもしれない。とうに昔の思い出ばかりを蒐集《しゅうしゅう》して、いったい何になるのだろう。それでもカメラロールをさかのぼってみれば、集積された断片のなかに、忘れかけていたじぶんの記憶が定着しているような感覚にもなった。公園。弟の自転車の練習に付き合ったこと。小学校の時にクラスの女の子からバレンタインのチョコレートをもらったこと。それがいたずらだったと後にわかって心底落ち込んだこと。母が笑い飛ばして慰めてくれたこと。中学校の門扉。朝、校門に立つ体育教師が嫌いだったこと。保健委員の当番で、廊下の石けんの補充をサボったこと。参観日に珍しく父が来たこと。大声を出されて恥ずかしかったこと。それまで忘れていたことが、写真を見ているとおぼろげに思い出されてくる。いい思い出ばかりじゃあない。けれども、この感覚自体は、どちらかといえば心地のいいものだった。わたしはちゃんと生きている。生きてきたのだ。そのことを、いつでも思い出せるようにしておきたい。その場所や人や物それ自体がなくなったとしても、記憶は別の場所に宿ることだってあるんだろう。わたしはさほど頭がよくないのだから、覚えておきたいと思ったら、なんでもこうやって痕跡を残しておいたほうがいいのだと、じぶんを納得させる。

食べる前に撮っておいた、ギンガムチェックのかわいい包み紙のクレープを、じぶんの無骨な手が摑んでいる写真をスワイプして選択した。父さんの言うとおりひどい味だったよと、短いメールを送ろうかどうか、しばらく悩む。

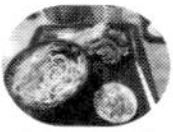

好食@一代男のおかわりもういっぱい!

こんにちわ! (^O^) 好食@一代男です。
食べてる時がイチバン幸せな70代オヤジの日常を、
徒然なるままに・・・

+フォロー

思い出の生クリーム (^O^)

ブログテーマ : クレープ

★今回のおかわりもういっぱい!★
『赤瀬川こども遊園』

イチゴチョコクレープ@650円

むか〜し、長男を連れて行ったチビッ子遊園地のクレープ。お味は、思い出補正 (オイ!!

色んなことが、ありました。

しかし、さすがにチョット強気なお値段では? (￣▽￣;

メランコリック中華麺

むかしむかし、国じゅうのあらゆるものを見通すことのできる不思議な十二の窓を持つ王女さまがいました。王女さまは美しく聡明でしたが傲慢で、じぶんひとりで国を治めたいと考えていたので、結婚のお話が持ち上がったとき、「王女から見つかることなく、うまく隠れることのできた相手でなければ結婚はしない」というお触れを出しました。これに挑戦し、もしも失敗して王女さまに見つかったらば即刻打ち首。王女さまはなんでも見通す自慢の十二の窓を使って挑戦者たちを難なく見つけだし、お城の前には九十九のさらし首が並びました。もう王女さまに勝てる者はいないだろうと思われていたとき、ある日挑んできた心優しき青年は、森で助けた動物たちの知恵を借りて、アメフラシに化けることで王女さまの目を見事にあざむきます。青年の知性を心から尊敬した王女さまは彼を夫とし、青年は国を治める王となったのでした。

めでたし。そう話し終えると、洗面所でつやつやの髪をとかしていた冬子さんは心底興味なさそうに、ふーんと言った。『あめふらし』というグリム童話のなかでもとびきりマイナーな話である。で、結局アメフラシってなんなの？　と冬子さんが言うので、スマホで画像検索したアメフラシの画像をそうっと見せる。腹足綱後鰓類《ふくそくこうこうさいるい》、まあウミウシとナメクジとタコの中間みたいなにゅるっとしたビジュアルです。冬子さんはぎゃっと叫んで、朝から気色悪いもの見せてくんじゃねーよ死ね！　と木製の重たいヘアブラシの柄でわたしの額をごつりと殴った。痛い。ごめんなさい。けっこうマジでキレている冬子さんを横目にすごすごとパーカーを羽織って、先に出かけますねぇとお声がけして逃げるように玄関をとびだす。こういうときはさっさと逃げないと罰ゲームを食らうのだ。今日は三限からだから家でゆっくりしていたかったし、冬子さんは半同棲的にだらだら遊びに来ている恋人という立場であって、追い出される筋合いはないのだが……。

　102号室の玄関を勢いよく開けると、ちょうど脇にあるエレベーターから、ヘッドフォンを首からさげた女の子が降りてきた。同世代、いや、すこし年上かな。一階に住んでいると、ときどきこうして上のフロアの住人と鉢合わせることがある。女の子はわたしの顔を見るとあからさまにゲッという顔をしたが、急いでいたらしくさっさとエントランスを出て行った。僕は無害な人間ですというアピールをしておきたくて会釈をしたけど、無視された。まあ、小さいマンションだ。ほかの住人となんてなるべく関わりたくないし、じぶんが住んでる階すらも知られたくないよね。女の子がひとり暮らしをするにあたって強いられるさまざまな防衛術のことは、以前冬子さんに教えてもらったから、こんなふうに警戒されても傷ついたりしない。二階以上、オートロック必須、コンビニでアイス買わない、他の人とエレベーターに同乗しない。いや、やっぱりちょっとは傷つくかもしれない。若干ひりひりする額にさりげなく触れてみればちょっとだけコブができていた。我慢します。男だから。

三限が始まるまではたっぷり時間があったから、別にどこかで時間をつぶしたってよかったのだが、気乗りせずまっすぐ大学に向かう。学食はまだ空いていて、おしゃべりしているサークルの集まりや、必死の形相でレポートを書き上げている人や朝練終わりの運動部などがまばらに座っているだけだった。二限が終わったらどっと混み出すから、早めにお昼を済ませてしまおう。それで来週の課題の準備でもするかな。一年生の時は流行りの感染症でオンライン授業がほとんどだったから、こんな風に学食でのんびり勉強できるのは大学生らしい感じがしてうれしい。正月に親戚の集まりで、大学生活の様子を叔父さんに話したらお前はまじめだァねと笑われたが、学費を払って遊び呆けるという感覚のほうが理解不能だった。叔父さんはわたしの肩をびしばし叩きながらモラトリアムを大事にしろよと言ってきたけど、叔父さんの時代と違って我々はそんなに暇じゃない。半年後には就活。うかうかしているとあっという間に乗り遅れる。

しょう油ラーメン三四〇円、券売機のボタンを迷いなく押して食券を買う。醤油の「醤」だけがひらかれているのがずっと気になる。曲がりなりにもここは私大の偏差値ランキングでは中の上といったレベルだし、「醤油」くらい読めるけどな。ネーミングはともかく物価高の昨今にしてはかなり努力の感じられる値段だと思う。しょう油ラーメンは学食のメニューのなかで二番目に安いということで、学生たちからは一定の信頼を置かれていた。ちなみに最も安いのは三一〇円のカレーライス中盛り。しかしこれはかなりレトルトに近く、具もほとんど入っていないしあまりおすすめはしない。

てろりん、と警告音のようにスマホが鳴り、片手に空のトレイを持ちながら画面を確認すると冬子さんからＬＩＮＥが来ていた。「帰ったら罰ゲーム」。気が重い。ひとまず見なかったふりをして、かすれたインキで印字されたしょう油ラーメンの食券をカウンターに滑らせる。ほどなくするとレーンの向こうから半分濡れたどんぶりが無愛想に手渡される。メラミン製のどんぶりは内側になんらかの模様が描かれていたが塗装が剥げて、いまいち清潔感に欠けていた。この残念さを味で上回ってくるというわけもなく、我が校の学食は見た目も味もそこそこ、中の下以下といったところである。いまどき学食がおいしくないなんて大学は珍しいような気もしたが、おいしくしすぎても関係のない学外の人間が出入りするようになってきっと鬱陶しいだろうから、このくらいでいいのかもしれない。いいかい学生さん。それが、人間えらすぎもしない貧乏すぎもしない、ちょうどいいくらいってとこなんだ。ネットミームでつまみ食いしただけの、ほとんど読んだことのない『美味しんぼ』のワンシーンを脳内で再生する。

学食は広い。大きな長机の一番端の席に腰掛けると、じぶんひとりだけが招かれた晩餐会にいるようだった。今朝のグリム童話をまだ引きずっているな。晩餐会には到底ふさわしくない激安ラーメンをすする。醬油と大量の化学調味料を湯で溶いただけであろう平たい味のスープに、着色料でも入っているんじゃないかというくらい黄色すぎるちぢれた中華麵。わたしたち学生はこのしょう油ラーメンのことを、親愛の意味も込めてケミカルラーメンと呼んでいた。スープは前述のとおり、中華麵はかんすいの入れすぎでコシがあるどころかゴムみたいな食感がするし、具材はしなびたチャーシュー（のわりに、やけに切り口が正円の形をしているので、これも何かの合成食品なのではないかと疑っている）と、理由はわからないがやたらと臭いネギとが乗っかっているだけの文字通りケミカルなラーメンだったが、食べ慣れてしまうとなぜだかクセになる。有名なラーメン屋の一杯と、インスタントの袋麵と、カップラーメンのそれぞれをTPOに応じて選び取るように、学食のケミカルラーメンはこれはこれで、いちジャンルとしての地位をごく小規模な範囲で確立していたのだった。

でも冬子さんはしょう油ラーメン、というかそもそも学食のメニュー全般のことを毛嫌いしていた。付き合いはじめたばかりの頃、わたしの食べていたしょう油ラーメンを一瞥した冬子さんに、よくそんなグミみたいなラーメン食べられるね！　と鼻で笑われてからは一緒に学食に行くことはなくなった。わたし自身は別に笑われても構わなかったが、周りにいた他の学生たちが冬子さんのほうをちらりと見たのが気になったからだ。冬子さんは他人からどう思われようが構わず、じぶんの思ったことを思ったタイミングで全部口にする。取り繕うことを一切しない潔さはすがすがしく、その飾らない態度が好きだった。けれども、これを無遠慮で高慢だと思う人間も少なくはない。不要な諍《いさか》いから冬子さんを守るのは、じぶんの役目のように感じてもいた。

しょう油ラーメンはスープの味に奥行きがないくせにけっこうしょっぱいのですぐ飽きる。ぬるくなったどんぶりを箸でかき回しながら、無意味に黄色いちぢれた麺をつまむ。この形状を初めて見た時から、やけに懐かしい気分にさせられる。どういうわけだか、学食のラーメンを見るたびに、春の雨上がりの海岸風景がセットで思い出されるのをずっと不思議に思っていたのだが、これが故郷の風物詩とよく似ているというのを思い出したのが今朝のことだった。アメフラシのたまご。春先の海辺には、茹であがった中華麺をそのまま鍋から放り出したような見た目の、細長いチューブ状の物体がよく落っこちている。あれはアメフラシのたまごなのだ。磯場のある海辺以外では、この光景は珍しいのだと教えられたのは実家のある町を出てからだった。ちなみに『美味しんぼ』六巻で知った知識であるが、これをもずくのように食べる地域もあるらしい。

生ぬるい潮の匂いと、濡れた浅瀬に転がる黄色い中華麺。自転車で駆ける春の海辺のちょっとだけ浮き足立つ感じ。アメフラシのたまごって学食のラーメンに似ているのよと冬子さんに教えてあげたかったんだけど、アメフラシがマイナー生物すぎてそこまでたどり着けなかった。また話したら怒るだろうか。でも、わたしにしては珍しく、冬子さんにじぶんの思い出を語って聞かせたい気分だった。冬子さんはわたしのルーツになど、微塵も興味はないだろうけど。

ぼやぼやしていると二限が終わるチャイムが鳴って、学食はにわかに混み始めた。一年生らしい四人組のグループが、トレイを持ちながらうろうろと席を探している様子だったので、あ、俺もう出るんでいいですよ、と、なかよしグループに席をゆずってあげる。わたし。おれ。ぼく。じぶんにぴったりの一人称がいつまで経っても定まらない。ｍｅを意味する言葉のどれもがじぶんを指すものであり、そうではないような気がした。

五限のゼミが終わったら帰るつもりだったが、なんとなく飲み会をやる流れになって、みんなの後ろについていく。飲み会ってまだ新鮮だ。帰りたくなかったからちょうどよかった。「飲み会になりました」とひと言だけＬＩＮＥをして、あとはスマホの通知を切る。冬子さんは怒るかな。

ゼミの飲み会は盛り上がりも盛り下がりもせず、でもきっちりカラオケでオールして、解散したのは結局、陽もとっくにのぼったころだった。楽しいから一緒に過ごしているというわけではなく、流行りのウイルスで長らく失われていた大学生らしい生活をひととおり実践してみたくてそうしているという共通の感覚があった。ひと晩を明かしても、それぞれのごく個人的な核心には触れることなく、誰のこともよく知らないまま時間だけが上滑りしていった。ゼミのメンバーでオールする。脳内の「大学生っぽいことスタンプラリー」にスタンプがぽこんと押される。数時間ぶりにスマホを見ると、特に誰からの連絡も来ていなかった。「オールしたからこれから帰る」と冬子さんに一応送っておく。既読はすぐついて、OKサインを掲げたうさぎのスタンプがぽんと送られてきた。怒ってない。てか、起きてる。

これから動き出す街を逆走しながら帰路につく。朝帰りの後ろめたさは、経験してみると背徳感の裏にすこしだけ優越感がある。叔父さんの言っていたモラトリアムは、こういう時間の積み重ねにあるんだろうとなんとなく思った。

じぶんの部屋に帰ると、冬子さんはとっくに起きていて、キッチンで鍋にお湯を沸かしながら、なんだか珍しく機嫌がよさそうだった。「お腹すいたでしょ。昨日駅のスーパーで東北の物産展やっててさ。どうせ二日酔いでしょ。ラーメン食べたいでしょ？」。あ、はい。食べたい食べたい。まさかの朝ラーですか。別にお腹はすいていないし、なんなら昨日もラーメンを食べたけど、言わなかった。あれはあれでTPOに応じたいちジャンルであって、冬子さんが買って作ってくれるラーメンとはまったく別物である。

酒はそんなに残っていなかったけれど、一刻も早くシャワーを浴びたかった。ラーメンができるにはもう少しかかりそうだし、さっと浴びちゃおうかな。汗くさいパーカーを適当に脱ぎ散らかしながらキッチンをのぞくと、コンロの脇には『秘伝の味　東北名物』と書かれたラーメンの袋が置かれている。中にはスープの小袋がいくつかと、二人前の半生の中華麺がころんと入っていた。それはたしかに見覚えがあった。着色料でも入っているんじゃないかというくらい黄色すぎるちぢれた中華麺。口をついて出る。「学食のラーメンに似てんじゃん」。

冬子さんは、えー、そうかなあ。と野菜を切りながら引き続き上機嫌で返す。なので、絶対に言わないほうがいいとわかっていたのに、言ってしまった。こういう黄色くて太いラーメンが、アメフラシのたまごに似てるんだよって昨日話したかったんだよね。なんかこっちでは全然見かけないけど、実家、海の近くだからさ、そういうとこでしか見られないんだって。おもしろくない？　道端にこういうラーメンそっくりの物体が落ちてて「なんでそういう余計なことばっか言うの？」

冬子さんはわたしの話をさえぎって低い声で言う。嫌だって言ったよね。やばい。それから瞬時に激昂した冬子さんは、出て行けよ、と大声でわめいて、わたしをぐいぐい外へ押しやった。ラーメンの袋を手に持ったまま、パンツ一丁のまま玄関の外に放り出される。いや、待って。せめて服を着ればよかった。冬子さんはあられもない姿のわたしを力のかぎり蹴りつけて、すぐそばにあるエントランスの外に放り出した。ぶん、とにぶい音をたてて、オートロックの自動ドアがこんな時にかぎってすばやく閉じる。締め出されました。パンツ一丁で。しかも、じぶんのマンションで……。

鍋のお湯をかけられなくてよかったと最悪の想像をしつつも、いつかこうなることは想像できないわけではなかった。わたしには冬子さんを不必要に苛立たせる素質があるし、冬子さんで、そんなわたしに依存気味なのだ。それから、冬子さんはきっと昨日の夜からわたしにラーメンを作ってくれるつもりで一晩待っていたであろうことも。それにわざと気がつかないふりをしたことも。半分はじぶんから締め出されにいったようなものだった。

とはいえこんな格好でうろうろしているわけにもいかないので、ひとまずエントランスの奥、集合ポストの設置された共用部分の壁に首から下を隠す。寒いし、なにより心細くて死にそうだった。昨日鉢合わせた三階の女の子に見つかったら、きっとその場で一一〇番されそう。こんな時にかぎって、手に持っているのがスマホじゃなくて半生ラーメンの袋なんだから泣けてくる。

しばらく集合ポストの下で体育座りをして、人が通りかかるのを待った。まだ朝早すぎるのか、全然人が来ないしおしりが冷たい。今日ばかりはコンパクトマンションの、しかも一階を選んだじぶんを呪った。おそらく体感三十分くらいはそうしていると、ようやく人の気配がやってきた。たしか二階に住んでいるおじさんだ。たまに深夜にゴミを捨てているのを見かける。二階の住人はスーツ姿で、これから出勤といったところだろう。あの、たすけてください。思ったよりもじぶんの声がか細くて驚く。二階の人は一瞬肩をびくっと震わせて振り返ったので、間髪を入れずにじぶんは怪しい者ではありませんということを簡潔に早口で伝える。「僕102号室の者です」なんだか別の人間を演じているようだった。オートロック、開けてもらえませんか。ああ、ええと、もちろんいいですよ。二階の人はおっかなびっくり、でも親切にポケットから鍵を出して解錠してくれる。おじさんでよかった。エントランスの内扉がうぃーんと開き、わたしは二階の人にぺこぺこ頭を下げながらふたたび玄関を開けた。

しんと冷たい玄関のドアに触れると思いのほか鍵は開いていて、そうっと部屋に入るとリビングの中心で冬子さんは背中をこちらに向けながらしくしく泣いていた。かわいい冬子さん。どうして泣いているのか、わたしにははっきりとわかる。でも冬子さんは仮にわたしが泣いていたとしても、きっとその理由をわかろうともしてはくれないだろう。予感だけが胸をざわつかせる。キッチンの鍋に張られた湯はすっかり冷めていて、ひとまず無言で服を身につけているあいだ、鏡のような水面がゆらりとわずかに揺れたのが見えた。

次の週、バイトの遅番から帰ってくると、わたしの部屋に置かれていた冬子さんの荷物はいつの間にかきれいになくなっていて、まさかと思ってＬＩＮＥを見たら、冬子さんはわたしのことをブロックしていた。静かに血の気が引くのがわかったが、一方でさほど動じていないじぶんもそこにいた。要するに潮時だったというだけだと思う。何もかもちぐはぐな関係であった。冬子さんの苛烈さと向き合い、抱きしめてあげられるのはじぶんだけだと思っていたけれど、「あげられる」だなんて、それはひどく傲慢なことだったのかもしれない。気高く寂しい王女さま。わたしは優しく聡明な青年なんかじゃなく、打ち首になった九十九人のぼんくらと変わりはなかったのだった。

結局あのあと食べることのなかったラーメンを、冷蔵庫から取り出して茹でてみる。賞味期限は切れていたけど。たっぷりと沸かした湯の中で、ゴムのように半透明で、不自然に黄色い中華麺がぐつぐつと踊る。茹であがった麺をひと口つまむ。やっぱり学食の麺とだいたい一緒だった。

くちゃくちゃした麺を無理やり飲み込むと、今度は目の奥が熱くなって吐きそうになった。鍋をひっくり返して、茹でたての麺を無造作に捨てる。もうもうと湯気をたてながらシンクにへばりついた黄色い塊は、濡れた浅瀬に転がるあの光景そのものだった。ああ最悪だ。きっとこれから先ずっと、黄色い中華麺を見るたびに思い出してしまうんだろう。春の海辺、学食、アメフラシのたまご、そして冬子さんの震える背中のことを。

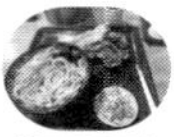

+フォロー

好食@一代男のおかわりもういっぱい!

こんにちわ! (^O^) 好食@一代男です。
食べてる時がイチバン幸せな70代オヤジの日常を、
徒然なるままに・・・

◯◯年前にタイムスリップ!? (^O^)

ブログテーマ：ラーメン

★今回のおかわりもういっぱい!★
『明学院大学カフェテラス』
しょう油ラーメン@390円

小生が、ガキ大将だった頃の日本は、こんな感じのラーメンが主流でした (^_^;)
懐かしいシンプルなスープ。でも、こういうのでいいんだよなぁ。

終末にはうってつけの食事

まもなく予告編に続き本編の上映を開始します――。ブーゥという昔ながらのブザー音ごと閉じ込めるようにして、一番シアターの扉を閉める。おんぼろだが防音の分厚い二重扉は重たく、両手を使ってもゆっくりとした速度でしか動かすことはできない。ふつうのドアとは違って、完全に閉じ切る瞬間はバタン、とはいわず、ばしゅん、と、真空パックの空気を抜くような音がする。外界から切り離された、映画のためだけの空間。それを最後にこの手で仕上げるような気がして、フロアスタッフに与えられた数々の仕事のうちでも「予告が始まる直前になったら、必ずスタッフの手で各シアターの扉を閉めましょう」という作業のことはけっこう好きだった。

今日は古い邦画のリバイバル上映だった。モノクロの画面のなかで、父親役の主演俳優が突然怒り出してちゃぶ台をひっくり返す。お約束。ああっと言って泣き出す母親役の、なまめかしい肌の白さが見どころらしいが、よくわからなかった。上映チェックでおとといの晩、映写室ですこしだけ観せてもらったのだ。主演の俳優はたしか何年か前に死んだんだ。昭和の名優と、もう何人の人をそう形容したのかわからないニュースの見出しが頭の隅にちらつく。著名人の死はいつもセンセーショナルな話題として提供されるけれど、すこし経てば生きていたか死んでしまったか忘れてしまうことのほうが多い。再放送のドラマを見ていたとき、脇役の俳優の年齢が気になって調べたらもうとっくに他界していたということもある。たとえ創作の世界であったとしても、生きているように振る舞う姿が反芻されると、その実存を見失う。忘れられることのない人間というのは、死んだことを記憶されるんじゃなくて、いつまでも生きているように錯覚させることにあるような気がした。

スクリーンの向こうで台無しになった食卓に、嫌な記憶を思い起こされたのでその日の上映チェックはそこまでで終わりにした。数年前まで別の街で同棲していた元恋人は、夜勤から帰ってくると、わたしに作らせた味噌汁をひと口すすって大抵いつも、味が変だと言って不機嫌になった。ドアの開け閉め、風呂場の使い方、ゴミ捨てのタイミング、そして手料理に至るまで、わたしのやることのなにもかもが気に食わないようだった。そしてそれから、「わたしを良くするために」あらゆる暴言を静かに、何時間も説いた。文句があるならじぶんでやってくれよとずっと思っていたが言わなかった。言えなかったから。いや、当時はそれが、正しい教えなのだと思い込んでいただけかもしれない。元恋人による、わたし向上キャンペーンはなんの成果にも結びつかず、ただわたしは彼の望んだことの何ひとつできない人間として今ここに存在している。それがこの上なく地味で無意味な、わたしなりの復讐であった。

朝一番のロビーにいた客はまばらで、暇を持て余した老人が数人と、同じく暇を持て余していそうな学生らしき若者が数人。二本立てで上映時間は三時間近くもあるものだから、きっとこのうちの何人かは退屈して途中で休憩に出てくるだろう。コーヒーを仕込んでおかなくちゃ。ベイクドポテトを注文する客もいるかもしれない。扉がきちんと閉まっているのを確認すると、今度は売店のカウンターを開けてオーブンの余熱を設定する。ポップコーンを頼んでくる人もいるだろうか、一応作り置きしておこうか、どうしようか。パンフレットの在庫も確認しなくちゃ。午前中はワンオペなのだ。

そうこうしているうちに、同じフロアにもうひとつある、2番シアターの上映も始まりそうだった。こっちは新作のB級パニック。これも先週チェックで少し観た。もう何度題材に使われてきたか数えきれない、地球最後の日をひとり知恵と勇気で生き抜く男の話。冒頭を観た感じはだいたい『アイ・アム・レジェンド』の二番煎じといったところだったが、犬は出てくるのかな。公開二週目だが、客入りも口コミもいまいちである。どう考えても朝イチに観に来なくたっていいような作品だと内心思ったが、早めに来た客のチケットをぺりりともぎり、待ち合いロビーへ案内する。いまどきのシネコンじゃ、印刷されたQRコードをかざすくらいで済むことをいちいちやる。

さっきチケットをもぎった中年の男性がつかつかとレジへ来て、すこし迷ったそぶりのあとでホットドッグとコーヒーを注文してきた。平日午前中の映画館というのは、さほど混雑しない代わりに、朝食がわりの食事をここで済ませる人も案外多いのでスタッフとしてはそれほど気が抜けない。劇場の設備はオールド・ファッションなくせに、無駄にフードが充実しているのがここの悪いところだと思う。

大衆向けの新作と、マニア向けのリバイバルを交互に上映する無節操な平成のシネコン。匿名の誰かが投稿したその不名誉なレビューは、皮肉にもこの劇場を形容した言葉のなかで最も的を射ていた。レジの前に貼り付けられた、期間限定のカレー味ポテトだとか、周回遅れのタピオカドリンクだとかの急ごしらえのメニューを横目に内心呆れる。ここのほかにも近郊に数ヶ所だけある系列館にも同じものが貼られているんだろう。上映ラインナップだけでは勝負できないからって、食事のバリエーションを増やしたって顧客単価はいくらも上がらないと思うのだけれど。要するに中途半端なのだ。まあ、メニューが増えるたび手間も増えるだけの、いちバイトスタッフの愚痴にすぎないのだが。

冷凍の業務用ドッグパンに湯せんで解凍した業務用ソーセージを挟み、使い古されたタッパーに突っ込んでさらにそれをレンジに突っ込んで一分二十秒。取り出してビニール手袋をはめた手で熱さを確認し、きちんと温まっていればＯＫ。それにコーヒーをつけたセットがなんと八百円もするので笑える。これが本社から与えられたマニュアル通りのホットドッグの作り方であった。

調理（と言えるか微妙だが）過程はさておき、この通りきっかりやると、一分二十秒ではまだ熱がうまく回りきらず、結局温め直す羽目になることが多い。レンジが古いせいなのか、冷凍庫すらも古すぎて食材が均等に冷凍されていないからか、はたまた本社のマニュアルが適当なのか理由はよくわからない。ともかく、二度手間を避けたいという理由で、わたしは規定の一分二十秒よりもすこし長めの一分三十五秒を目安にホットドッグを作ることにしている。一分四十秒にダイヤルを設定して加熱すると、だいたい一分二十秒あたりから一分三十秒くらいのところで、中のソーセージがぷぃ～と音を立てるのだ。薄汚れたのぞき窓から内部を見れば、ソーセージはよく加熱されて、はちきれそうに膨らんでいる。チンと鳴る五秒前に扉を開けてタッパーを取り出す。するとほとんど同時に限界を迎えたソーセージの皮もべりりと破れている。どこからどう見てもあつあつのホットドッグの完成です。レンジから取り出してケチャップとマスタードをにゅうとかけ、紙箱に収めてできあがり。

ホットドッグセットお待たせしましたぁ、とレジの脇からさっきの客へ手渡す。マニュアル通りに作るとずいぶんのっぺりした味気ない姿になってしまうのだが、一分三十五秒ルールで作ったこいつは見た目もシズル感たっぷりだし、ソーセージの肉汁がパンに染み込んで実際うまいとも思う。前に、作り置きしたホットドッグが廃棄になった時に温め直してみたら生まれた偶然のレシピなのだが、我ながらイケてるひと工夫だと思った。

のだが。

ひととおり朝のワンオペ客さばきが終わって、いくぶんのんびりした心持ちで余熱の仕上がったオーブンにこれもまた冷凍のポテトをぽいぽい放り込んでいると、まだ上映が始まって間もないのに二番シアターの後方扉が開いて、つい数十分前にホットドッグセットを手渡した中年の男性客が再びつかつかとこちらにやってきた。あっ、嫌な予感がする。と瞬間的に思ったのは間違いではなく、男性はカウンター越しにホットドッグの紙箱をずいと突っ返し、「こんなの食えないよ」と不愉快そうに言い捨てた。やばい。まだ硬い部分でもあっただろうか。ええと、と言いながら、ひとまず突っ返された紙箱を開けてみる。中には半分ほど食べかけのホットドッグが、しなびた姿で横たわっていた。半分は食べたのかよ。ええと、温め直しましょうか？　と言いながら顔を上げると、男性はもう一度忌々しそうに、「そういうんじゃなくて、こんなの食えないって言ってんの」と早口でまくし立てた。「もういらないよ、違うの買うから返金してよ」。カウンターを中指でとととととんと男が叩く。目を合わせないほうがいい気がしたので、男の着ている長袖シャツにどでかくプリントされた、ハーレーダビッドソンのロゴにぼんやりと焦点を合わせる。食えない理由を説明してほしかったのだが、この態度では何を言ってもダメ系の客だろう。長く勤めているから、話し方でタイプがわかる。はあ。でもあのう、半分食べちゃった……ですよね。そしたらその、返金はちょっと、むずかしいっていうか。すいません。男のテンポに反して、極めてゆっくりとしゃべる。ハァー、と男は長いため息をついたが、映画の続きが気になるのか、それからは黙ってわたしを一瞬睨んだあと、また二番シアターへ戻っていった。

この手の客は、上映が終わったら劇場宛にクレームを入れに来るか、映画が面白ければそのまま気をよくして帰ってしまうこともある。映画館のいいところはこういうところにあったが、ともあれわたしの今日の命運は地球滅亡を生き抜く男の立ち振る舞いにかかっていた。大博打である。カウンターには食べかけのかわいそうなホットドッグ。これ、捨てちゃっていいんだろうか。

それから一時間半とすこし、二番シアターの上映が終わるまでは気が気じゃなかった。エンドロールが終わり、閉めた扉をすばやく開けてストッパーをかけると、わたしは急いでレジに戻り、戸棚の下の在庫をチェックするふりをしながらなんとなく目立たないように隠れた。ワンオペじゃなければしれっと休憩に行くふりをしてこの場を離れられるのに。我ながら情けないと思いつつしばらく息をひそめていたけれど、結局さっきのハーレーダビッドソン男は来なかった。あの映画が怒りを忘れるほど面白かったという可能性は、ちょっと低いような気がする。さしずめ、あとでレビューサイトに悪口を書かれるかな。どちらにせよ、直接じぶんにあれ以上怒りの矛先を向けられるよりは遥かにマシだった。

てなことがあってさと、それからしばらくあとで遅番の交代にやってきた後輩の秋山くんに引き継ぎがてら顚末を話すと、マジっすか。こえー。と笑われた。そうだよね。結局ホットドッグの何がおかしかったか教えてくれなかったし……。ふーん、と、手指消毒を済ませた秋山くんが、ゴミ箱の近くに置きっぱなしにしていた、さっきの食べかけホットドッグの箱を見つける。もしクレーム対応ということになったら、検証のために残しておいたほうがいいかと思って取っておいたのだ。秋山くんはぱかりと紙箱を開けると、んっと顔をしかめた。これ、ソーセージ加熱しすぎじゃないスか？

彼が見せてきた食べかけホットドッグは、時間が経ったせいでさっきよりしなびてゾンビのような姿になっていた。裂け目からあふれた肉汁をパンが吸い込んで、ソーセージはカルパスみたいに皺くちゃだった。なぜこうなっているのか、わたしは秋山くんに、一分三十五秒ルールのレシピを特別に教えてあげる。秋山くんはわたしの説明と手元のゾンビドッグを交互に見ながら、ますます顔をしかめて言った。

「いやいやいや、先輩、マジで味覚おかしいっスよ。ソーセージとか、あの皮を噛み切って肉汁が口の中でパリッとするとこが一番うまいんでしょ、それを奪ってんじゃないスか。それは、こんなの食えないよってなるでしょ。おれでも怒りますよ、これと適当に淹れたコーヒーで八百円も払ってんスから。てか、普通にマニュアル通り作らないと抜き打ちで本社から指導されますよ。うちみたいな映画館のフードなんて、そこそこでいいんだから。なんでそこで謎にやる気だしちゃったんスか」

おもしろ。と秋山くんは言い切って、わたしの頭から爪先までをほんの一瞬だが、品定めするようにじろりと見た。

そうだろうか。そうだったのだろうか。文字通り論破されたというのはこういう瞬間のことを言うのだと思う。秋山くん、わたしよりひと回りも年下なのに……。そっかあ。とだけ絞り出して、引き継ぎ事項だけ伝えて退勤する。世知辛い。こんな慣用句にも味覚が使われている。

かつて勤めていたがまったく合わずに辞めてしまった数々のアルバイトに比べたら、都心の映画館勤務は楽だった。従業員のほとんどが大学生なので、わたしのような得体の知れないフリーターに対する好奇と蔑視のないまぜになった視線に、いちいち傷つくのをやめればなおのこと。

マンションに帰宅して少し寝て、一時間くらいの昼寝と思ったらたいてい五時間くらいは寝ている。傷つかないと思い込みたいだけで、実際のところ少しばかりは落ち込んでいる。長く寝ることで一度思考を切り離した気になれるんだと思う。無駄に重たい体をもぞもぞ動かして、布団の中でスマホをいじる。だいたいこんな感じの生活をだらだら続けていたらいい年齢になってしまった。交際相手はおろか、友達と呼べる人もあまりいないし、実家にももう何年も帰っていないけれど、それでもひっくり返されるだけのちゃぶ台も家族も持たない生活は、わたしにとっては快適極まりないものだった。十分に満足かと問われたら答えに窮してしまうけれど、機能不全の集合にとらわれなくてもいい、都市生活の身軽さはわたしにちょうどよく合っている気がした。

料理をする気力はわかないがお腹は減るので、今日は気に入った店のデリバリーを注文しちゃおう。安くはないからたまの贅沢くらいのつもりだったが、利用するのはすでに今週で二度目だった。来週は自炊をしなくては、節約できない。アプリを開いて注文したのは具だくさん自慢のお野菜スープ専門店という、栄養の偏りがちなひとり暮らしにはおあつらえ向きの店であった。クラムチャウダーやミネストローネ、シチューなど商品の写真はどれも彩り豊かで、いつも迷ってしまうのだがわたしは野菜とソーセージの入ったホワイトシチュー＆パンセットがとりわけお気に入りだった。パッケージには「あったか〜いスープでお腹もココロも満たしてくださいね♪」と書かれた手書きのメッセージカードまで添えられていて、いつも同じものが入っているがなんとなく気配りを感じてなごむ。

ひとつ不満があるとしたら、「チャイムを鳴らしてから置き配してください」と設定しているにもかかわらず、わたしの家にやってくるドライバーはなぜか品物だけ置いて無言で立ち去ってしまう。この部屋だけ、エントランス扉の外側に位置しているせいで、オートロックになっていないのだ。デリバリーも宅配業者も、インターホンを押さずとも置き配ができてしまうラクなシステム。入居したときはただの扉だったのが、オーナーの気が変わったのか、去年あたりに後付けで施工がされたのだ。むろん、そのぶん家賃は他の部屋よりすこし安くなったから、わたしとしてはいっこうに構わなかったのだけれど。

というわけで、うっかりしていると到着時間を見誤って、いつも三十分ほど放置してしまうのだ。チャイムくらい、押してくれたっていいじゃない。またか、と思うけれど、クレームを入れる気にもなれなかった。むやみに他人に怒るのも気力の要ることだと思う。

玄関の扉をすこしだけ開け、にゅっと腕一本だけを伸ばして紙袋を回収する。ぱたりと扉を閉める。なんとなくそうしたくなって、玄関に立ったまま中身を開け、付属のスプーンでシチューを口に運んでみる。どろりとしたホワイトソースの味つけは絶妙で、ちょっと豚骨スープにも近いような濃厚さがおいしい。野菜は細かく刻まれて溶け込んでいて、消化にもよさそうだし。容器をかき回すと大きなソーセージが一本。これがまたいい。このソーセージは皮と中身の食感に差がない、パリッとしていないタイプなのであった。わたしはこのタイプのソーセージが好みなのだ。これと同じものがあのホットドッグにも採用されていたら、今日みたいなことにはならなかったかもしれないのに。

味覚おかしいっスよ。似たようなことを、きっと数年前にも言われたかもしれない。わたしには正解というものがわからなかったし、わかろうともしていなかった。シチューは冷めている。温め直そうか、どうしようか。冷たい玄関の扉の向こうで何かがうごめいている気がして、上下の鍵をがちゃがちゃとふたつとも施錠してドアガードまでかけた。

静寂。わたしだけが存在している、快適で安全な劇場。あのB級パニックの結末がどうなったのか、やけに気になった。

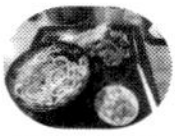

+フォロー

好食@一代男のおかわりもういっぱい!

こんにちわ! (^O^) 好食@一代男です。
食べてる時がイチバン幸せな70代オヤジの日常を、
徒然なるままに・・・

ハリウッドスター気分 (^O^)

ブログテーマ：映画館

★今回のおかわりもういっぱい！★
『シネマムーンライト池袋』
ホットドッグセット@800円

ジュワジュワ～の肉汁がシミシミ～になったパンがたまらん（≧▽≦）
セットのドリンクは＋料金でビールに変えてもらいました。真っ昼間からグビグビ、困ったもんです。

ラー油が目にしみる

少し前からやっているUber Eatsのバイトは、体も動かせるし、工夫すればけっこう稼げるし、おれのようなタイムパフォーマンスが命の浪人生にとってはいいバイトだった。所要時間とルートを瞬時に頭の中で組み立て、ぱぱぱ、と戦略を組み立てていく。相棒のクロスバイクにもたっぷり乗れるし、道路にも詳しくなれるし。タイムアタックでじぶんで設定した最高値を更新すれば、要領のよさを誰かに褒められているようでなにより気持ちいい。その場で難癖をつけてくるクレーマーの相手をする必要もほとんどないし、足を引っ張る新人の尻拭いをする必要も、頭の悪いバイトメンバー同士、仲間と称して馴れ合う催しに参加する必要もない。体力さえあればひとりで、じぶんの能力だけでいくらでも効率よく稼ぐことができる。要領よく生きること。そのために頭を使うこと。おれにとっては、それは得意なことかもしれないと思えたのだ。それだけが、東京で人並みに暮らしていくためのすべてだと思う。家賃、食費、光熱費。息を吸って吐くだけで尋常じゃなく金がかかるなんてことは、実家を出て初めて痛感したことだった。予備校代だけは出してやるから、浪人するんなら実家を出ろ、と言い放った両親の厳しさは、それまでのおれの甘えを見透かしたものでもあった。

アプリの通知が鳴る。次の配達先が書かれた宛先欄の名前を見て、またコイツかよ、と咄嗟に舌打ちをしてしまう。見覚えのある姓名の組み合わせは、掛け持ちのバイト先のシフト表、おれのちょうど二行上に記されたものと同じだった。まあ、近いところで働いているのだから必然的に生活圏が被ることはなきにしもあらず、と言ったって、なにもこの人じゃなくたっていいのに。数ある掛け持ちのバイトのなかでもけっこう気に入っていたフードデリバリーだったが、ストレスといえばこれだった。知り合い、しかも友達でもなんでもない、同じバイト先の人の家に食べ物を届けるなんて、本来ならまっぴらごめんである。

住宅地のなかに作られたゴースト・レストランの配達パートナー受け取り窓口で番号を伝えて、がらんとしたガレージにクロスバイクを停めてすこし待つ。具だくさん自慢のお野菜スープ専門店、ホワイトシチュー&パンセット。コイツ、いつもこればっか。そんなにうまいのかな。いや、あいつのことだから、絶対大した味じゃないだろう。待っている間にその店のレビューをなんとなくスクロールしてみれば、評価は★2.8という極めて絶妙な数字だった。冷めてるとか、油っぽいというネガティブな評価に混じって、ときどき大絶賛しているレビューも散見されるのが怖い。好きな人は好き、みたいなやつだろうか。きっとじぶんの口には合わないだろうな。じぶんの番号が呼ばれる。端末をポーチにしまって、注文の品を受け取る。

宛先の人物は、掛け持ちのバイト先の映画館で働く従業員のひとりだった。歳はたぶんおれとひと回りくらいは離れていて、そのわりに妙に幼い顔立ちがちょっと不気味な女だった。社歴も長いし、ほぼ毎朝シフトに入っている。それは別にいいのだが、とにかく仕事のできない女だった。チケット発券のシステム操作は何度やってもミスが減らないし、パンフレットの在庫整理も、場内アナウンスもまともにできないし、極めつけにちょうど先月には、マニュアルをめちゃくちゃ無視したホットドッグを作って客からクレームまで入れられていた。ありえん。あまり関わりたくなかったから、最低限の経緯を聞いてみれば「そのほうがおいしいかと思って……」などとのたまうので思わず鼻で笑ってしまった。指示された仕事が遂行できないというならまだしも、勝手にアレンジしちゃう系の人ってだいぶ困る。先輩、マジで味覚おかしいっスよ。とだけ告げてその日は勤務を交代した。それからその人とは、なるべくシフトがかぶらないようにこっそり社員に調整してもらっている。常識的なリスクヘッジ。

　クロスバイクを走らせて、例の配達先のマンションへ静かに停める。飽きもせず同じものばかり食べる味覚のイカれた先輩のおかげで、もう何度も来たことのあるマンションだったが、ここでほかの住人の姿を見かけたことは一度もなかった。小さいけれど築浅でそこそこ良い感じの物件は、それと同時にいつもどこか冷たい印象があった。外観からはいまひとつわからないが、規模感からして単身用マンションなのかもしれないな。ひとりにひと部屋割り当てられた孤独な箱庭のことを想像し、じぶんの住む安アパートとそう変わらないかと思い直す。

無機質なエントランスに足を踏み入れれば、じぶんの靴音がきゅっと反響する。やっぱり本当にここに人間が住んでいるのかなぁと来るたびに思う疑問を振り払いながら、101号室の玄関前にこっそり紙袋を置く。エントランスでインターホンを鳴らす必要があるほかの部屋と違って、なぜかこの部屋だけエントランスの外側に位置していて、オートロックじゃないのだ。変なマンション。だが、あの女の住居というなら納得がいった。

なんにせよ、この部屋の主と顔を合わせずに済むことは、おれにとっては好都合極まりなかった。あとはアプリの配達完了ボタンをタップするだけ。通知に気づけば、勝手に荷物を取りに出てくるだろう。これはお互いに気持ちよく過ごすための超最適解だと、おれは信じている。向こうだって「置き配OK」とプロフィールにちゃんと明記しているし、それにもしおれが逆の立場だったら、バイト先の、それも別に仲良くもない顔見知りの後輩からフードデリバリーを受け取るなんて絶対に嫌だ。多いときは週二回、こんなに気に入って食っているシチューが食べられなくなったらかわいそうだろう。

我ながらすばやく無駄のない動きでさっさとマンションを離れ、次の配達先へクロスバイクを走らせる。週に何度も食べたくなるような好きな食べ物が、じぶんにあるかなとふと考える。ない。ラーメン、餃子、うなぎ、オムライス、寿司、焼き鳥、ハンバーグ、カレー……。金がなさすぎてしばらくご無沙汰の、じぶんにとっての好物を思い浮かべてみたけれど、おかしなお子様ランチみたいなラインナップしか考えられなかった。食通と言われている人間に共通する、「この店のあの味が好き！」みたいな情熱をどうにも持つことができないし、食べるものに対してバカみたいに高い金を払ったり、長時間行列する人の気持ちも理解できなかった。それはおれが浪人生活から脱却して、もしも一流大学を出て裕福なエリートサラリーマンになれたとしても、きっと変わらない価値観であるような気がした。たとえば恋人の誕生日に豪華なディナーを予約するとか、そういうＴＰＯに合わせた認識は持っていたけれど、でもそれは、恋人の誕生日には豪華なディナーを予約すると善しという、世間一般のうっすらした共通認識によって意識づけられているだけにすぎなかったし、正直なところ、そこに数万円もかけるくらいだったら、もっと実用的なプレゼントを贈るとか、特別な体験に金を出すほうがいいだろうというのが持論だった。おれにとって食事とは、最低限の味が保証されていれば、それで十分なのだった。

あの女のマンションに配達した日は、なんだかどっと疲れる。帰宅してベッドに寝転がって、なんの足しにもならないYouTubeのショート動画を指も動かさずただ眺めているだけで時間が過ぎる。東京の注目最新グルメ。週末は二時間待ちの大行列というキャッチコピーに、並んでまで食いたいものがあるものかねと思いながらなんとなく見つめていたが、「んぉぃひぃ〜♡」と言いながら口いっぱいに有名中華料理店の麻婆豆腐を頬張るインフルエンサーの姿に、下品な印象を抱くことしかできなかった。どうでもよすぎる。時は金なり、机に向かわなくては、と決めたところまでで、結局その日は意識を手放してしまったのだけれど……。

予備校で友達や、まして恋人を作るやつはバカである。全員Fランに堕ちろ、と胸の内で呪詛を唱えながら、教室でワイワイ騒ぐ集団やノートを見せ合ってイチャつくカップルを視界に入れないように窓の外に目を向けた。滅びろ。どうせ裕福な実家からのほほんと通っている連中だ。自力で家賃を工面している人間など、池袋、いや東京じゅうの予備校を探しても見当たらないような気になった。腹立たしいのは、彼らとおれの境遇にほとんど差異などないことがわかっているからだった。予備校で呑気に友達作りに励むやつらに共通しているのは、東京に生まれてさほど不自由もなく健康的に暮らしてきた人間特有の怠惰さと競争心のなさであった。実家を出ていなければ、おれも彼らと同じ輪の中にいたかもしれないというほんの少しの羨望がないこともなかったが、それでは本末転倒である。勉学こそが真の目的である。ましてや一度失敗した身で、今この瞬間に望んでいいことなど、ありはしないのだ。どうでもいいけど、裕福であることをいつから「太い」と表現するようになったんだろう。辞書にまだ載っていない言葉のことは信用していない。

時刻は十二時。午前中はあと一コマで昼休みだった。窓の外では一足早くランチのピーク時間帯を迎えたオフィスワーカーたちが行き交っていて、めいめい財布を片手にコンビニへ入っていくサラリーマンや、小さいバッグを提げて連れだっておしゃべりをしている制服を着た女たちの姿があった。すこしだけ視線を動かせば、ちょうど予備校の斜向かいあたりに何台かキッチンカーが停まっている。いつもは気に留めないが、今日はそのうちの一台がやけに気になった。すこしだけ色あせたブルーの車両に、「本場中国のお母さん直伝の麻婆丼弁当！」と力強いフォントで書かれたのぼりが、教室の窓からでもよく見える。うまいのかな。昨日動画で見たインフルエンサーの食レポを思い出し、たしかにあれは下品だと感じたはずなのに、その感情とは裏腹に、麻婆豆腐が食べたくなってしまったのだった。今日の昼食はあれだな。

宣言通り、昼休みに入ったのと同時に校舎を出て、例のキッチンカーをのぞいてみる。メニューには看板商品の麻婆丼五五〇円に、日替わりの選べる中華おかず二品もつけられると書いてあった。安アパート暮らしの浪人生には特別安いわけではなかったが、ご飯大盛り無料だし、このあたりのランチ相場を考えたら破格だ。いまどきコンビニでちょっと買い物したら千円近くかかるのだから。普段あまり気に留めなかったけれど、昼休憩を挟む日はキッチンカーもアリかもしれない。

この日は同じ区画に三台のキッチンカーが営業していて、麻婆丼のほかにあった、ふわとろオムライスだとか、スパイスカレーだとかの弁当を売るキッチンカーはどちらもそこそこ行列していた。麻婆丼のほうは運よく、おれの前にはひとりの先客がいるだけだ。ラッキー。今まさにおかずを選びながら店主らしきおばちゃんと談笑している男性は、どうやらここの常連らしかった。

「タケさん、今日は春雨あるよ」「やった！　じゃそれで。俺、お母さんのおかずで春雨が一番好きかもしれないなぁ」。いつもありがとねぇ、ご飯ちょっとオマケしとくから。お母さんと呼ばれた人物はがっはっはと豪快に笑いながら、タケさんと呼ぶ男性に弁当のパックを持たせる。うきうきとした足取りで去っていくタケさんの背中は、なんだか活力に満ちていた。お母さんの麻婆丼を食べて、午後も元気にがんばるぞうとでも聞こえてきそうなくらいだった。外で金を払って食べる食事というものには、こういうささやかなコミュニケーションのよろこびが加わることもあるね、とひとり合点する。予備校での馴れ合いには冷ややかであったが、こうしたこざっぱりとした他人同士の交流というのは嫌いではなかった。ひとり暮らしを始めてから、ろくに他人と口をきくこともない。孤独な人間に許された常連という特権に、急に興味がわいてくる。

順番がめぐってきて、いくらかおれの目線よりも高いカウンター越しに、麻婆丼のレギュラーご飯大盛り、日替わりのおかず二種を注文する。おばちゃんに種類は？　と聞かれ、ひとつは春雨にしてみた。常連客が一番好きだと言うなら間違いはないだろう。あいよ、と店主のおばちゃんは言うと、発泡スチロール製の容器にもりもりとご飯に麻婆豆腐、おかずを盛りつけていく。これまでキッチンカーの中なんてまじまじと見たことはなかったが、おばちゃんひとりでいっぱいの狭小空間に、寸胴鍋や巨大な炊飯器や調味料の小瓶が所狭しと並んでいる。子どもの頃、飛行機のコックピットに憧れた気持ちを思い起こさせる構造だった。

内部を観察しているあいだに、弁当はできあがった。五五〇円。何か話しかけてくれるかと思ったけど、そうでもなさそう。弁当のパックと引き換えにそそくさと千円札を差し出すと、おばちゃんはむっと顔をしかめて、それからかなり面倒くさそうに「あい、おつりね」と四五〇円の硬貨五枚をじゃらりと返してくれた。タケさんに対するあの屈託ない笑顔とは大違いの態度である。一瞬だけわきあがった、常連になりたいという感情はしょぼしょぼと消え失せて、形式的に会釈をしてその場を去った。まあ、こういうこともあるだろう。別に誰も悪いことはしていないのに、なんとなく落ち込む。

昼休みはまだ小一時間ほど残っていた。次の教室はもう開放されていたので、窓際の定位置に腰掛けて弁当を取り出す。発泡スチロールの蓋をぱかりと開ければ、たった今詰められたばかりのご飯と麻婆豆腐が顔を出す。かけていた眼鏡が一瞬曇るくらいにぶわと湯気があふれだしたが、不思議なことに、そこに付随する食べ物の匂いというものがほとんど感じられなかった。あれ。ちょっともしかしたら、期待と違うかもしれない。

赤黒くぬるりと光る麻婆豆腐の餡は、見た目には結構辛そうだ。餡で覆われてよく見えないが、どことなくご飯の色がよくなかった。ついてきたプラスチック製のスプーンで、ひとさじだけご飯をすくってみる。なんというか、灰色っぽいご飯だった。なんだろう、なんか、嫌な予感がする。

嫌な予感ほど的中するとはよく言ったもので、端的に言うと麻婆丼はクソみたいな味だった。かなりのハズレくじを引いたようだ。おそらくあのコックピットに置かれていた古い圧力鍋で、一度に大量に炊かれたであろう灰色のご飯。水分量がバラバラで、ぼそぼそに固いところもあればデンプン糊のようにべちゃべちゃのところも混ざり合っていた。なによりあれだけ堂々と謳っていた看板メニューのはずなのに、麻婆豆腐からは浮き出た真っ赤な油が大半を占めていて、開けた瞬間に匂いがあまり感じられなかったのはこのおかげだった。それに、ものすごく辛い。そもそもこれ、ラー油だ。紛うことなき、おれのアパートのショボいキッチンにあるのと同じ、卓上ラー油。麻婆豆腐の作り方なんてよく知らなかったが、ふつう、豆板醤とか、そういうのを使うんじゃあないのか。おおよそ存在すべき旨味の代わりに、暴力的な塩気と辛さが口内を蹂躙する。辛いものは得意だし好きなのだが、求めているのはこういうのじゃない。旨味のなかに辛味が、辛味のなかに旨味が内包されてしかるべきであるのだ。ラー油に溺れた豆腐や挽き肉を必死でかき集めて口に運んでみたものの、分離したそれぞれの食感が、ただそこにあるだけだった。「本場中国のお母さん直伝の麻婆丼弁当！」の、のぼりの文言を思い出す。嘘つけよ。こんな麻婆豆腐は、本場中国四千年の歴史に刻まれていい味ではない。

添えられた選べる日替わり中華おかずもなかなかひどいもので、常連のタケさんが絶賛していた春雨のおかず——ゆでた春雨にハムやキュウリの刻んだものを和え、胡麻ドレッシングで味つけしたもの——に至っては強烈なしょっぱさとともに、水分が抜けて劣化した輪ゴムのようにぶつぶつと切れる春雨の食感がもう無理でそれ以上食べ進めるのをやめた。きっとこのあたりで働いているんだろう、うきうきとした足取りで去っていくタケさんの背中を思い出し、そして薄寒くなった。タケさん、こんなものを喜んで食っていたらおかしくなるよ。

結局完食はおろかほとんど食べ進めることができずに、弁当は予備校のゴミ捨て場に廃棄してしまった。ろくに食事をとれなかったおかげで、午後の授業にまったく集中できない。空腹でぐぐぐぐと鳴りまくる腹の虫を、咳払いでごまかす。昼前に教室でヘラヘラしていたグループの男が、振り返ってちらりとおれを一瞥した。見るな。おれを見るな。

校舎下に集まっていたキッチンカーたちの、あの店にだけ行列ができていなかった理由がよくわかって悔しい。高い金を払っても、行列をしても、大多数の人間がうまいと思うものを、うまいと思えればそれでいいのかもしれない。あるいは週に二度も同じシチューを食う先輩や、お母さんと談笑しながら最悪な中華弁当を楽しみに持ち帰るタケさんのほうが、よっぽど幸福なのかもしれない。そのどちらにも属することができないじぶんがひどくみっともない存在に思えて、今まで思ったこともない想像が頭をよぎる。大学にも進学できず、上手に金を稼ぐこともできずただ世の中に悪態をついて街をうろつくじぶんの姿が。慌ててかき消す。くそ。そんなことはあるはずがない。おれは要領よく、効率よく、誰にも邪魔をされずに生きることができるはずなのだ。

バカどもめ、と心の中で毒づいて深く息を吐く。なにもかも、腹が減っているせいだ。この時間が終わったら食べたいものを考えようとしたけれど、いっこうに食べたいものが思い浮かばなかった。口の中が、からからに乾く。突かれたらぽきりと折れてしまいそうな、心細さによく似た気配がひたひたと襲ってくるのを感じながら、シャープペンを握る手に力を込めた。

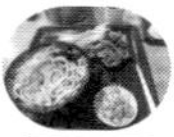

+フォロー

好食@一代男のおかわりもういっぱい!

こんにちわ! (^O^)好食@一代男です。
食べてる時がイチバン幸せな70代オヤジの日常を、
徒然なるままに・・・

キッチンカーで本場中国にGO★(^O^)

ブログテーマ:キッチンカー

★今回のおかわりもういっぱい!★
『珍さん中華弁当』
麻婆丼弁当@550円

とろーり餡のピリ辛麻婆豆腐で、チョイ固め炊きのご飯がススム♪
日替わり総菜は春雨サラダがまた絶品。キッチンカーで食べチャイナ(なんつって^^;

プライド（ポテト）と偏見

台風の日にデリバリーを届けに来てくれたドライバーのおじさんに、お礼のつもりで家にあったジュースをあげたら次の配達の時にLINE交換しませんかと言われたことがある。楽しみにしていた麻婆丼は封を開けずにそのまま捨てたし、キモすぎて翌月には引っ越した。もちろんデリバリー会社にしっかりクレームも入れた。新宿駅で道を聞かれたので目の前でグーグルマップを開いて懇切丁寧に教えてあげたのに、ところでこの後空いてます？　とヘラヘラ言われて心底がっかりしたこともある。知らない人に話しかけられたくないから、一年中ヘッドフォンが手放せなくなった。

こんなことはいくらでもあるんだ。ひとり暮らしを始めて数年、これだけおびただしい数の人間が行き交う規模の街では、基本的には他人に親切にしたぶんだけ損をするということがようやくわかってきた。そしてうっすらと他者全般が嫌いになっていることに気がつく。よくない。と思ったけれど、そう簡単にはぬぐえなかった。だって本当のことだから。ガラガラの電車でわざわざわたしの隣に座ってくる小太りの男に内心舌打ちしながら席を立つ。ムカつく。移った車両でガードのために隣席にバッグを置いたら、今度は斜向かいにいたおばさんが嫌そうに顔をしかめた。わかってるよ。誰かが来たら、どけるもん。わたしにはわたしの苦労があるということを、わかってくれる人はすごく少ない。別にわかってもらわなくてもいいんだけど。

朝、マンション共用部のストッカーにゴミ袋を放り込んだタイミングで、後ろからおはようございます、とおもむろに声をかけられてものすごくびっくりした。目を合わせないように声の主をちらと見れば、たぶん同じフロアにこの間引っ越してきた人だ。なんだこいつ。無視してそのまま会社に向かう。また愛想良くして何かあったら困るし、もう当分引っ越しはしたくないのだ。

今住んでいるマンションは五階建てのごく小規模なところで、だいたいどの階にどんな人間が住んでいるのかはもう把握している。傾向と対策。このマンションのいいところと言えば、住人同士がなるべく互いに顔を合わせないように暗黙の了解がとられているところにあった。たまに空気を読まずにあいさつしてきたり、エレベーターに乗り合わせようとしてきたりするやつもいるけど、オーナーだか管理人だかも常駐しているらしいし、基本的には安心して住むことができる。そんなふうに、女のひとり暮らしはただでさえ金がかかる、と常日頃思っているのに、101号室にはアラフォーくらいの冴えない女がひとりで暮らしているとわかったときは卒倒しそうだった。わたしはこんなに気を張って日々を過ごしているというのに。観察してみれば洗濯物も夜まで外に干しっぱなしだし、なぜかこの部屋だけオートロックじゃないし、よくデリバリーを外に放置してる。たまに見かける彼女から漂う諦観《ていかん》のようなぼやっとしたオーラに、無性に苛立ちを覚えた。だいたい、玄関前に食べ物を放置しておくなんて無防備すぎる。年をとるということは、ああいうふうな無頓着さが許されるということなんだろうか。いや、違う気がする。

半年前に営業から経理部に異動になって、内勤になったぶん、じぶんの世界が余計に小さくなったように思う。文字通り、家と会社の往復。ほどほどに忙しく、ほどほどの給料。バックオフィスって今までヒマそうな部門だと思ってたけど、けっこう骨の折れる仕事も多い。会社ひとつのなかにマンションのように不文律の細かいルールがいくつもあって、そのことがおもしろい時もあればつまらない時もある。仲の良い人はそれなりにいるけど、飲みに行くのもたまにだし、ましてて休みの日に会うほど親しい人はナシ。友達作りに会社来てんじゃねーよと言いたくなるほど馴れ合っている同僚などを見るとまた苛立つが、ああいうところから社内恋愛に発展したりするんだろう。事実、同期のえっちゃんは社内結婚で先月から産休に入った。えっちゃんの子どもが大人になったら新入社員として入社してきたりして、それでまた社内結婚したりして……と、おおよそありえない妄想を繰り広げる。

人さまの恋愛や結婚に対して、別段うらやましいとか妬《ねた》ましいとか思わなかった。何にしても、億劫だという感情のほうが常に勝る。ずっと前から恋愛に興味がなかったし、これからもないいんだと思う。今のところ、ひとりでも寂しくない。強がりとかじゃなくて、本当にそうなのだ。わたしはわたしで、淡々と暮らすほうがよっぽど性に合っていた。

というわけで昼休みにひとりでカラオケに行くくらいには図々しく過ごせるようになったから、トータルでこの会社員生活の居心地は悪くないのかもしれない。締め日を乗り切ったばかりで今日は多少のんびりできそうだった。お昼休憩いただきまあす、と聞こえるか聞こえないかくらいの声でつぶやきデスクを離れ、なんでもない風で会社から少し離れた駅の裏側のカラオケボックスに入る。一時間きっかりしっかり歌ってポテトとかピザとかチャーハンとか、軽食をつまめば午後もがんばれる。この魅力的な昼休みの過ごし方をこっそり教えてくれた営業時代の先輩は、上司と折り合いが悪くなってずいぶん前に辞めてしまった。たかが仕事である。理不尽かもしれなくても、黙って言うこと聞いてればよかったのにと思ったが、そういうことじゃないんだろう。先輩のことを思い出すと落ち込むからひとしきり歌いまくる。新曲は知らない。十年以上前の流行歌ばかり、大きな声を出せばシンプルに気持ちがいい。

満足してカラオケボックスを出ようとしたところで、LINEの通知がぽこぽこ鳴った。《互助会》。高校時代からの女友達四人のグループラインだ。「来週みんなで集合して行こ～」。そうだ、来週は春佳の結婚式があるんだった。ご祝儀袋買って、ピン札もおろしておかなくちゃ。そのままスマホのタスクリストに「ご祝儀」とだけメモして社に戻る。みんなに会うのも久しぶりだ。

かつては月イチ、いや二週にいっぺんは自然と集まってはくだらない話ばかりしていたわたしたちだったが、今では直接顔を合わせるのは年に数回ほど。わたし以外の三人は、示し合わせたわけでもないのに二十代後半で続々と結婚し、独り身を謳歌しているのはわたしだけだった。謳歌ってほどでもないけれど、それでもわたしのスタンスを汲み取ってくれている三人は特に何も言わない。し、わたしもわたしで、彼女たちに対して引け目を感じることも特になかった。わだかまりのない四つぶんの人生。大学に入ったばかりで、まだ全員が独り身だったころにつけた、互助会というグループ名のことをわたしは今でも気に入っていた。あのころに繰り返し交わしたありふれた約束のことも、いつまでも覚えていた。みんなは忘れてしまったかもしれないけれど。

わたしたち《互助会》メンバーの中でも一番おっとりしている春佳の結婚式は、原宿と表参道の中間くらいの有名な式場だった。大仰すぎないところがなんとも彼女らしく、品よく無理な演出もなく、それがちょうどこちらの気持ちにもフィットして、なんというか普通に良くてめっちゃ泣いた。今どきの結婚式って、型にはまった進行じゃなくてかなりアレンジの自由度が高いのだ。人の結婚式で泣く理由というものが学生のころまではまったく理解できなかったが、その人の歩んできたこれまでの人生の断片を知っているからなのか、三十年近く生きているとだんだん身につまされるものがあるからなのか、謎のタイミングで涙が出てきてしまう。今日は新婦入場でチャペルの扉がばーんと開いた瞬間からぼろぼろ泣けたし、フラワーシャワーで花びらが配られた瞬間にも、春佳のお父さんのスピーチでも泣いた。なんなら披露宴のメイン料理が運ばれてきた瞬間にも泣いた（ふたりがあれこれ考えて用意してくれたメニューだと思うと）。わたしはそれぞれ同じ理由で《互助会》の他のふたりの結婚式でも律儀に涙を流してきた。もうこの感動を味わうのも最後かもしれないと思うと、それもそれでまた泣けてくる。ああもうこれでみんなのことを送り出したわ、と鼻をずびずびすすりながら言えば、三人は呆れた顔をして笑った。高砂に寄り添って撮った集合写真のどれも、わたしだけが泣き腫らした顔で写っている。

友達の結婚式で泣けているうちは、まだわたしは人の心を失ってはいないのだと思うことができた。駅で具合が悪そうにしゃがみ込む人を無視するたび、道に迷っていそうなおじいさんを無視するたび、マンションの住人のあいさつを無視するたび、わたしはわたしの人格をどこか手の届かない場所へ落っことしてしまったような気になっていた。本当は善人なのだと思いたいわけではない。でも、今のじぶんを客観的に見つめたくないことのほうがだんだん多くなっているのを自覚していた。披露宴会場では春佳の好きな『マンマ・ミーア』のサウンドトラックがいい塩梅で流れていて、ヘッドフォンのない空間にぼあんと反響した。そうだ、今日は、頭が重たくない。あの映画に出てくる、春佳の好きな俳優はなんていったっけ。ワインがどんどん注がれる。いくらでも飲めそうなくらいだった。赤、白、赤、赤、白。

せっかくみんなと久しぶりに会ったのだから二次会に行きたかったけれど、今日は各々夜の都合がつかないそうで解散に。もう日曜の夕方だし、主役の春佳も来られないなら仕方ないだろう。またお盆にでもあそぼーね、と原宿駅でふたりを見送った後、やっぱりなんとなくまっすぐ帰りたい気持ちにはなれなくて、すぐそばにあった駅前の大きなカラオケボックスにひとりで入る。春だというのに他の客の姿はまばらで、ひとりで、と伝えたにもかかわらず、だだっ広いパーティールームに通された。ラッキーだ。窮屈な靴をぽいと脱ぎ、ソファに上がって思いついた順番でどんどん曲を予約していく。

ＳＭＡＰ、浜崎あゆみ、ジュディマリ、ＥＬＴ、大塚愛、オレンジレンジ。パネルで手当たり次第に曲を追加しているあいだ、わたしは放課後に四人でよく、学校近くのカラオケに行ったことを思い出していた。否、わたしはいつもあの時間のことを思い出しながらカラオケに来ていたのかもしれないとすら思った。たぶん全然声は出てなかったけど、酔ってるから、なんだって気持ちいい。世代ドンピシャの往年ヒットソングをひととおり熱唱したらまあまあ満足して、ここでやっとはじめに注文したコーラをすすった。氷はとっくに溶けていて、水っぽい。ついでにお腹が空いてきたのでポテトを頼んでみたけど、これは運ばれてきた瞬間から冷めていてげんなりした。ポテトが熱いのなんて、当たり前のことじゃないのか。揚げ油をケチっているのか、パサパサしていて無駄に喉が渇く。塩も足りない。しかも、わたしの嫌いなタイプのやたら太くて波形のポテトときたものです。いや、これが好きって人もいるんだろうけど、わたしはフライドポテトといったら断然細切り派なのだ。ぼそぼそのポテトを仕方なくつまんでいると、会社の近くのカラオケは、フードも充実しているほうだったんだなと初めて気がついた。あそこは何を頼んでも揚げたてで出てくるし、ポテトも細切りだし。

披露宴でこじゃれたフレンチを食べたものだから、ジャンキーな味が欲しかっただけだったのかもしれない。イマイチなポテトをあらかた食べ終えてひと息つくと、かかとに鈍い痛みを覚える。見ればべろりと足の皮が剝けていた。うわ。普段履かないパンプスは、靴擦れを避けては通れない。履く前に絆創膏をしておけばよかったかな。

カラオケを中断して、ティッシュで傷口を覆っているうちにじくじくした痛みは途端に別の感情に変わる。着飾った格好でパーティールームにひとりでマイクを握りしめるじぶんの姿が、急にみじめなものに思えて仕方なかった。さっきポテトを運んできた店員はわたしのほうをちらりと見たが、明らかに結婚式帰りのひとり客のことをどう思っただろうか。せめて、みんなと来れたらよかったのにな。パーティールームとポテト。去年夢中になって見ていたドラマ『ブラッシュアップライフ』のことを不意に思い出して、喉の奥がつかえたようになる。一話からおもしろくて《互助会》にも薦めたドラマだったけど、あんなシスターフッドというのはわたしにとってはほとんど夢物語のようだった。ドラマの中ではなっちもみーぽんも誰も結婚しないし、いつまでも友達同士でつるんでいる。久しぶりに地元で食事をして、カラオケのやたら広い部屋でのびのび歌って盛り上がって、大して食べたくなかったポテトも笑ってたいらげる。わたしたちだって、あんなふうに女友達四人、仲良く暮らしていけたらどんなによかっただろうか。

「大人になったらみんなでシェアハウスしようよ」と無邪気な約束を何度も交わした時間はずっとずっと遠くにあって、そんなことはみんなすっかり忘れて、わたしだけがここに立ちつくしている。じぶんで選び取った生活だ。そのことは間違ってはいない。間違っていて、たまるか。ただここにみんながいればな、とだけ思う。それだけがわたしの唯一の願いだった。そんなこと言ったら、三人はまた呆れた顔をして笑うだろう。

ルルルルル、とフロントからの電話が鳴る。退出五分前。最後はこれにしよう、と思って入れたモーニング娘。の『LOVEマシーン』は、メロディこそ懐かしいもののひとりで歌い切るには難しかった。恋をしようじゃないか。そうだよね。当たり前にそう言える時代があったことは、輝かしくも思えたし、疎ましくも思えた。画面の中で踊るかつての少女たちの、妙に大人びた表情をなぜか直視できなくて、アウトロが消えるのを待たずに部屋を出た。

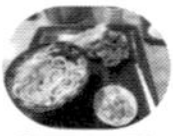

+フォロー

好食@一代男のおかわりもういっぱい!

こんにちわ! (^O^) 好食@一代男です。
食べてる時がイチバン幸せな70代オヤジの日常を、
徒然なるままに・・・

十八番はなんだろな (^O^)

ブログテーマ：カラオケ

★今回のおかわりもういっぱい！★
『カラオケだるまさん』
フライドポテトM@480円

小生、最近のマイブームは・・・なんとヒトカラ!!（十八番は秘密）
沢山歌ったあとは、普段は食べない揚げ物が、何故か食べたくなります（￣▽￣;)

Girl meats Boy

すこしだけ固くなった背中の肉に器具をぴたりと当てていけば、本人の意思とはおおよそ関係なく筋肉が飛び跳ねる。こわばっていますから、ほぐしていきますね、とつとめてやさしい声色を使いながら徐々に器具の設定レベルを上げていく。これを繰り返していくと、目の前の施術台に横たわる冷たい肉はだんだんと温まり、やがてもっちりと吸いつくようなやわらかさに変化していくのだ。この瞬間だけは何度やっても気持ちがいい。ぐりん、と器具を背から脇腹にかけて念入りに動かす。またしても本人の意思に反して跳ねる上腕が、あたしの右足にぺちりと当たった。くぐもった息を漏らす桜木さんの背をなでると、部屋中に充満したアロマの香りが強くなった気がしたが、気のせいだろう。ずいぶんやわらかくなりましたよ！ と声をかければ、あうう、と鳴き声のような返事だけが返ってきた。EMSと呼ばれる痩身エステは、器具を使ってゆるやかに電気刺激を与えることで筋肉を動かすもので、要するにテレホンショッピングでおなじみのシックスパッドと原理はほぼ同じである。温度を宿した桜木さんの二の腕は、施術前と比べると信玄餅のようなとろりとしたやわらかさをたたえていた。おいしそう。

残り十五分を告げるアラームが鳴ると、器具をしまって、オイルを使ったマッサージでの仕上げにうつる。なめらかになった肌にオイルを染み込ませるように手入れをしていくと、桜木さんはほっとしたように、施術台にうつぶせのままおしゃべりをはじめた。

「なんかあ、この前『ウィズ』で知り合った人と初めて会ったんですけど、カフェ行ったあと『このあと肉寿司食べ行かない？』って言われてマジ萎えちゃいました。しかも勝手に予約してあって、しょうがないから行ったんですけど、も～安居酒屋みたいなとこで本当最悪で。あ、肉寿司ってわかります？　あの、お魚じゃなくてお肉のお寿司。あれ、おいしいと思ったこと一回もないんですけど、夏井さんは食べたことあります？」

現在「ペアーズ」「ウィズ」「オミアイ」というみっつのマッチングアプリを目的別に見事に掛け持ちしている恋愛戦士・桜木さんは、毎月こうしてボディメンテナンスのかたわらに最近のマッチング事情を逐一報告してくれる。肉寿司チョイスの男性はちょっと危険かもしれないですね、と苦笑いで返せば桜木さんは、ですよねぇー？　と声を荒らげた。かくいうあたしも、肉寿司男には二度ほど当たってしまったことがある。初対面の異性との食事で肉寿司、しかもリッチな焼肉コースの箸休め的な肉寿司ではなく、看板メニューに肉寿司を据えた居酒屋みたいな店を選ぶ男というのは、全然趣味に合わないブランドのネックレスをプレゼントしてくる男とか、一円単位で割り勘を要求してくる男とかとほぼ同種の危険な存在である。肉寿司男タイプは危ない度合いでいったら中の下くらいの小物だが、仮に付き合ったとしても十中八九、恋人よりも友達や仕事を優先してすぐ別れる。あと、食べ物だけじゃなくてたぶん聴いてる音楽とか服の趣味もヘン。爪先のとがった靴を履いている。前戯が短い。店員さんに横柄な態度を取る。「人財」って言葉が好き。あとはあとは、と思いつく限りの肉寿司男に対する偏見を桜木さんは繰り出しまくり、施術室に流れるヒーリングミュージックにはおおよそ似つかわしくない笑い声をあげた。あたしたちはそういった経験則に基づく細かな危機感を働かせながら、恋愛市場に日夜躍り出る。こっちだって、美人だとかブスだとか胸が小さいとか尻がでかいとか、無遠慮にもっと記号的なジャッジを下されているのだ。お互い様である。

いまどき就職より結婚のほうが難しいとかいう。どこもかしこもマッチングアプリの広告だらけ。ご多分に漏れずあたしも星の数ほどあるサービスの会員のひとりであるけれども、もう正直サービスの違いなんてわからない。何ヶ月か前にマッチした人とは映画の趣味が合って、何度かレイトショーを観に行ったり、少し前には郊外でデートしたりなんてことも重ねたけど、なんとなく好かれていなかったらしく、そこからゆるやかに連絡が途絶えてしまった。まあ、あの人きっちり割り勘だったし、あたしとしてもナシかなと思ってたとこだったから、別にいい。アプリのいいところは、後腐れなく縁を断ち切れるところにあるけれど、それゆえに誰とも長続きしないのもまた難点だった。

誰かを好きになりたい気持ちはあるのに、画面の向こうにその相手は見つからない気がする。

左、左、右、左、左、右。写真一枚でその人を瞬時に判断することなんて、本当はできない。ほとんど意味のない指先の運動。ぜんぜん自然じゃない、と思う。道でハンカチを落とすとか拾うとか、小さい頃に遊んだ人が転職先の上司だったとか、好きなバンドのライブで隣同士だったとか、映画や漫画に出てくるみたいな自然な出会いなんてもうどこにもない。恋愛も結婚もしたいくせに、マッチングアプリをやっていることは、どんなに仲の良い友達にも打ち明けるにはまだ勇気が要った。桜木さんのように気取らずに恋愛にのめりこむタイプの人はじつに潔いと思う。事実、あたしと違って桜木さんにはデートの相手が途切れることはないようだった。人生、潔いもの勝ちなのだ。

施術室を出て、着替え終わった桜木さんにハーブティーを差し出す。肌つやとやわらかさを得たものの、桜木さんの客観的な見た目は、初めてここに来た時からおおよそ変わりはなかった。当店はあくまでも「痩せやすい身体を作るための代謝を促す」という方針のエステであるため、ただ通っているだけではほとんど痩身効果は得られないのだが、桜木さんは頑なにこれ以外での運動をしようとはしない。記録のために撮った写真を毎月比べて、特に変化は見られなくとも、ハーブティーを飲み干して、ここに来ると落ち着くの、と笑う彼女はかわいい人だった。あたしも桜木さんのお肉ほぐすの好きです、と思わず言いそうになって口をつぐむ。

桜木さんは来月にお友達の結婚式があるとかで、いつものコースに美肌ケアオプションも追加して次回の予約を入れていった。じゃあまた来月ね、と友達のように手を振りながら帰っていく後ろ姿にお辞儀をする。ヒーリング目的であればもっと適切で安いサロンがあるはずなのだけれど、それでもここを選んでくれるのは純粋にうれしいことだった。別に店を選ぶ目的なんて、人それぞれでかまわないのだ。


十八時。あとは別のスタッフに締め作業をお願いして、今日はもう上がり。施術室の後片付けをしながら、桜木さんとひとしきり盛り上がった話題を思い返して内心冷や汗をかく。盛り上がりすぎて話すタイミングを逃してしまったのだが、実は、今日このあと、行かなくてはならないのだ。まさに肉寿司に。しかも、食べ放題に。

ロッカーからスマホを取り出すと、既に待ち合わせに向かっている面々のトークがグループLINE上でぽこぽこと動いている最中だった。「南中63期」と記されたグループには、三十人ほどのメンバーがいた。今日来るのはそのうち二十人ちょっと。ちゃんとした同窓会は、中学を卒業してから二度目のこと。前回は高校二年の時だったから、あの頃からまた変わった人もいるだろう。あっちゃんにもユカにも久しぶりに会えるし、決まった時から楽しみではあった。大人になってから、人の縁というのは意識的に繋いでいかないと簡単に途切れるということがよくわかったのだ。仲良くしたい人とは、定期的に声をかけあって集まらないとすぐ疎遠になる。だから集まりを企画してくれていると知ったときは心底うれしかった。それから、こういう場にこそ、アプリにはない、自然な出会いってやつがやってくるんじゃないかと思ったのだ。

ただ、幹事のまっつんから会場として送られてきた食べログのURLには『完全個室創作和食バル★肉寿司食べ放題！　三時間飲み放題付き二九八〇円』とあり、いや、マジか、と率直に思ったことは否めなかった。なんか、いや、いいんだけど。三十歳を超えてから、この価格帯の店に行くのはすごく久しぶりのことだった。

サロンのある表参道から、会場の新宿まではそう遠くない。新宿西口を出て雑多な路地をくぐり抜けた先の雑居ビル四階。中に入ればもう乾杯が済んだあとのようで、座敷の大部屋にはぎゅうぎゅうに同級生の面々が集っていた。すごく、暑い。

入り口近くで出欠を取っていた幹事のまっつんにお礼を言い、適当に挨拶しながら奥にいたあっちゃんとユカの隣に座る。それぞれの話し声が反響して、大きな声を張り上げないと、まったく聞こえない。ビールあるよ、と言われてあっちゃんが差し出してきたのは大きなピッチャーに入ったビールだった。うん、まあ、学生に戻った気分で楽しめばいいってことね。お通しのしなびた冷凍枝豆をかじっていると、次々と懐かしい同級生が話しかけにやってくる。みんな見た目は多少変わっていても、面影はそのままだった。部活や先生や今日ここにいないクラスメイトなんかの話を始めれば、久しぶりに会ったってすぐに盛り上がれる。同級生のいいところはこういうところにあるなと思った。そもそも、今日この場にいるメンバーなんて、みんな中学にいい思い出のあった人間ばかりだ。盛り上がるのも必然だった。

ひとしきり同じ卓のメンバーとしゃべったあとで、ふとテーブルの上に置かれたままの肉寿司の皿に目をやる。そういえば、これが食べ放題なんだよな。皿はひときわ大きな存在感を放っていたが、おしゃべりに夢中なのか、まだ誰も手をつけていないようだった。四角いレゴブロックのような形をしたご飯の上に、薄いベーコンのような肉が乗せられている。握りですらない、何か型を使ってこのブロック状に仕立てられたことは一目瞭然であった。しかも、肉よりもご飯のほうが大きい。不恰好な寿司風のそれが、黒い大皿にずらりと並べられている。なかなかだった。ベーコンの上には落とし物のようにちょこんとマヨネーズやソースがかけられている。

食べ放題と言われても正直ぜんぜん食べる気にはならなかったが、まるっきり手をつけないのも失礼だろうと思って、ひとつだけ手に取ってみる。指先に触れたレゴブロックご飯はなんと冷たく、そしてその上に乗せられたベーコンもまたひんやりと冷たかった。肉寿司って冷たいものなのか？　いや、ふつうの寿司だって冷たいか。でもなんだろう、冷たいことが不自然に感じられるくらいには調和がとれていない味だった。冷蔵庫から残り物の冷や飯とベーコンを取り出してそのまま組み合わせたと言われたら頷いてしまうくらいの、えも言われぬわびしさがそこに存在していた。

ちなみに、店の食べログに掲載されていた肉寿司の写真というのはこれとは似ても似つかない豪華なもので、きゅっと握られた小ぶりなシャリに、マグロと見紛う鮮やかで肉厚な赤身がすらりと合わさっている。てっぺんにはいくらが贅沢に乗っているものもあった。あらためて、目の前の皿を見る。やっぱり崩れかけのレゴブロック。そして、かまぼこをさらに薄く切ったようなベーコン。申し訳程度のマヨネーズは、いくらの代わりのつもりだったんだろうか。いつだかにスカスカのおせち詐欺がテレビで取り沙汰されたことがあったけれど、こんなことは安居酒屋では日常茶飯である。店舗提供画像と実物が一致しないことなんて当たり前すぎて、もはや誰もレビューに書き残したりしない。繁華街では公然の優良誤認。

ひと口食べても半分以上減らない、やたらと大きなレゴブロック肉寿司を持て余していると、誰かと席替えをしたのか、おもむろに隣に池内くんが座ってくる。夏井久しぶり！　と屈託なく笑う顔には中学時代の面影がまだあった。いわゆる一軍男子、サッカー部のエースである。まさに少女漫画の主人公みたいな爽やか青年は、テーブルの上で半乾き状態になっていた肉寿司を見て、お、もらっちゃお、と言いながら手をつけた。あの大きなレゴブロックをひょいとくわえてひと口で。しかも、なんか、おいしそうに食べるじゃないか。

思わず、おいしそうに食べるねえ、と言えば「うん、この店、俺がまっつんに紹介したんだよね。たまに嫁と来んの。いいでしょ？」と、こともなげに言いながら池内くんは肉寿司をさらにもうひとつつまんだ。嫁が肉寿司好きなんだけどさ、ここのが一番うまいって言うんだよね。

え。思わず持っていた肉寿司を醤油皿のなかにぼとりと取り落とす。はねた醤油が、ベージュのスカートに小さなシミをつくる。「わ、大丈夫？」。池内くんはスマートにそのあたりから新しいおしぼりを持ってきて渡してくれる。こういう気遣いができるところは変わっていないと思ったけれど、この品のない肉寿司をチョイスした肉寿司男が池内くんだったということ、そして池内くんが結婚していたということの二重の衝撃波で、正面から殴られたような気になった。たしかに池内くんの左手には、幅の広いシルバーのリングが嵌められていた。

池内くん、結婚したんだ、とスカートをおさえながらさりげなく聞けば「そうそう、最近チビも生まれたんだよー」とスマホのロック画面を見せてくれる。そこには、ネモフィラの咲く丘を背景に妻子と心底幸せそうな笑顔で映る池内くんの姿があった。津田沼に戸建てを買ったばかりだという。すると、同じくマイホームを買ったばかりだという別の同級生が近くの卓から席替えしてきて、あっという間に既婚者同士の輪ができてしまった。次々に飛び交う家族、子ども、義理の実家、保険、ローンなどの話になんとなく相槌を打っていれば、「夏井は今が一番自由だよ！」と明るい野次が飛んでくる。うるさい、と思ったが、たぶんぎりぎり笑顔は作れていた。はず。

池内くんが配偶者のことをしきりに「嫁」と言うのがちょっと嫌だった。さようなら、幻想上の池内くん。頭の中で幾度となく再生されていた、カルピスソーダを小脇に抱えてまぶしい笑顔で校庭を駆けていく池内くんのイメージビデオはガラガラと崩れ去り、肉寿司の形をしたレゴブロックでお城を作っているいけすかない格好の肉寿司男の映像に差し替えられる。池内くんの少し開いたシャツから見えたクロムハーツのシルバーの輝きが、なぜか反射して目に痛かった。

同窓会がお開きになると、まだ二十一時過ぎではあったけれど、あっちゃんやユカを含む家庭を持つ組は早々に解散していった。残った面々はあたしを含めて、独身の、やっぱりいまいちパッとしないメンバーで——それはたぶんお互いがお互いをそうジャッジしていたと思う——そういう微妙な空気感があった。二次会に行くほどでもない。元気そうでよかったよ、また集まろうね、と形だけの挨拶をして、本当はJRを使ったほうが早いけれども、地下鉄だからと小さな嘘をついてひとりで帰路につく。南中63期のグループラインには、早くもアルバムに大量の写真が追加されている途中だった。写真にはあの肉寿司がちらほらと映り込んでいたが、よく見ればみんなあまり食べてはいないようで、そのことにすこしだけ安心してしまう。

楽しかったといえば、まあ楽しかった。文句があるなら幹事をやればいいのだ。南中のみんなのことは基本的には好きだけど、幹事をやりたいかと言われたら黙ってしまう。大人数で、誰もが快く払える金額感で、それでお腹も適度に満たせて遠慮なくおしゃべりできる場所。そうだよね、必然的にこういう場所になるよね。あたしたちの中にはもう共有することのできないいくつもの文脈があることに気がつくと、さみしい反面、安心するような心持ちもあった。

ぺらぺらの肉寿司をおいしそうにつまむ池内くんの顔を思い出す。別に店を選ぶ目的なんて、人それぞれでかまわないのだ。数時間前にサロンで思ったばかりのじぶんの本心を裏切りたくはなかった。まったく酔ってはいないのに、頭だけが割れるように痛い。うう〜、と地下鉄のホームでうめき声を上げながら、自販機でミネラルウォーターを買って一気に飲み干す。冷たさが響いて頭はさらに痛んだが、喉の奥につかえていた不快な脂を流すことには成功したらしい。

口元を手でぬぐい、思わずマッチングアプリを開く。ホーム画面には、盛れてる他撮りのあたしが微笑んでいた。やっぱりアプリのほうが気楽だ。なんだか桜木さんに無性に話を聞いてほしくなったけど、彼女とは、友達じゃない。

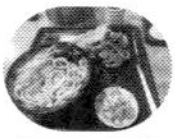

＋フォロー

好食@一代男のおかわりもういっぱい!

こんにちわ! (^O^) 好食@一代男です。
食べてる時がイチバン幸せな70代オヤジの日常を、
徒然なるままに・・・

肉食男子 (^O^)

ブログテーマ：肉寿司

★今回のおかわりもういっぱい！★
『完全個室創作和食バル　舞の湖』
肉寿司食べ放題コース＠2980円

今日は、仕事帰りの次男が珍しく奢ってくれるというので、新宿へ・・・初体験の肉寿司は脂が甘くてトロける舌触り(＊´艸｀)
男二人でしっぽり語らいました♪

たったひとつの冷めたからあげ

「二年で絶対戻れるようにするから本社に行ってくれないか」と人事部長から懇願された時は正直、やった、と思った。つまるところ単身赴任。既婚の女で、しかも成人前の子どももいるのに、そんな役割を与えられるじぶんは会社に認められているんだと実感できたのだ。本社広報室の副室長が急病で長期入院ということで、突如わたしに降ってきたのはその代理というポストだった。副室長、どう考えても過労だったから、こうなるのも時間の問題だったと思う。そもそも、もうひとりは増員しないと回り切らない部署のはずである。人員をケチった人事部はもうちょっと責任を感じたほうがいい。

というわけで、副室長は不慣だけれど、わたしは期限付きとはいえ、いちおう出世。結婚するまで本社で似たようなポジションの仕事をやっていて、支社に勤める今でも日頃から連携する機会の多かったわたしが最も適任だということだ。結婚とほぼ同時に、もともと同じ職場の別セクションにいた夫の転勤に帯同。縁もゆかりもない長野へ移り住むということで仕事も辞めるつもりだったのだが、それならば、と支社でのポジションを用意してくれた今の会社には感謝している。でも、転勤って本当めちゃくちゃな制度だ。ひとりだけじゃなく、その家族までもが影響を受けるのだから。

家族と暮らす長野の自宅から新宿の本社まで、特急を使ってもドアツードアで片道三時間はかかる。リモートワークも活用すれば通えないこともなかったが、副室長の代理となると、やっぱり毎日の出社を前提にしたほうが安心だった。いったん夫と相談させてください、とは言ったものの、ほぼふたつ返事で引き受けたようなものだ。

今の仕事は好きだ。子どもがいると言ってももう息子は中学生だし、待遇も上がるなら、これから先に控えている受験費用を多少なりとも工面するような心持ちで、翌週には正式に辞令を受け取った。慣れてくれば週末には長野と往復したっていいし、二年で戻って来られるならちょうどいいだろう。わたしの子ども時代ではなかなか考えられなかったけれど、息子には今の時代、こういう女性の働き方もあるのだということを学んでほしい気持ちもあった。息子の担任教師は、もう少ししたら高校受験の準備もありますし、ご主人だけでは何かと不安でしょう、というようなことを言ってきたが、つべこべ言われる覚えはない。よその家庭に対して主人とか奥さんという言い方はやめたほうがいいですよと言い返したくなったのをぎりぎり飲み込んで、学期末の面談をあとにした。どうして家庭のことになると、どの家庭の夫もまるで無能であるかのように決めつけられるのだろう。なんなら夫のほうが学校関係の書類など忘れず書いておいてくれるし、家事だって得意である。わたしはわたしが選んだ夫に対して全幅の信頼を置いている。どうにか工面して時間を作った平日の真っ昼間の時間帯。面談のあとで校舎を出ると、校門前ではママチャリに乗った他のクラスのお母さんたちが輪になって井戸端会議にいそしんでいた。目が合いそうになって、足早にその場を去る。わたしはもうすぐ、東京に行くのだ。

結婚前にひとりで暮らしていたのとどことなく似たワンルームのマンションをさっさと契約し、引っ越し業者の屈強な青年たちがテキパキテキパキと自室に段ボールを運び込んでいく様子を眺める。今どきは「まるっとおまかせプラン」なんてのがあって、既定の料金さえ支払えば荷造りから荷解きまでなんでもやってくれるので助かる。なんてったって数十年ぶりのひとり暮らしだ。置いてきた夫と息子に対して心配事がないといったら嘘になるけれど、それとは別にどこか浮き足立っているじぶんも認めざるを得なかった。息子は夫に似て穏やかな性格で、中学生らしい反抗期というのも今のところはなさそうだった。彼らは彼らで、男ふたり、気も合うようだし楽しく暮らしていけるだろう。青年たちに荷物の置き場をあれこれ指示をしているとあっという間に荷解きは終わって、それなりに整った部屋ができあがる。やっぱりおまかせプランにしてよかった。引っ越しはなにより荷解きが面倒なのだ。

失礼しまーすと口を揃えて、野球部の練習終わりのように青年たちが去っていく。そうだ、差し入れを買ったのだった。これよかったらみんなで飲んでくださいねと言って、十本入りの栄養ドリンクをそのうちのひとりに渡すと、うわーあざっす！　と屈託のない笑顔が返ってくる。歳を重ねていいことといったら、こういう行為にいちいち言外の意味が伴わなくなったことだ。おばちゃんからのお礼の気持ちの品。それ以上でもそれ以下でもない。青い背中をほがらかに見送ると、しんと静かなわたしひとりの空間がそこにあった。スマホで写真を撮って、家族のグループLINEにぽんと送る。「引っ越し終わったよ」。手伝いに来ようとしてくれたふたりを制し、安いからとわざわざ選んだ春休み前の平日だ。既読はすぐにはつかないだろう。

まだ桜も咲かない時期ではあったが、日差しもあってやけにあったかい。長野のきんと冷えた山の空気も好きだけど、こっちはこっちで落ち着くものがある。フローリングに寝転がってみると、そのままいくらでも眠れそうな気がした。し、実際にいくら眠ってもいっこうに構わないのだと思うと、胸の奥底からわきあがるようなうれしさがあった。

だが、そうかと思えば同時にお腹が空いてくる。食料品の類はこれから買いに行かなくちゃいけないのだ。睡眠欲と食欲を天秤にかけ、かちりと傾いた食欲を満たすべく上着を羽織って出かけることにした。隣の人に引っ越しの挨拶を、と思ったけれど、単身用のマンションではそんなことは今どきしなくていいらしい。ポストにも玄関にも表札のないマンションというのは、ちょっとしたカルチャーショックだった。曲がりなりにも女のひとり暮らし。ワンフロアにたった二世帯しか入居できない狭い廊下の、反対側の住人がどんな風貌なのか、少し気になった。
都内といっても、主要ターミナル駅からはすこし外れた絶妙な立地だ。マンションの周辺をぶらぶら歩いてみれば、こぢんまりとはしているものの商店街は健在だし、昔から住んでいる人も多いんだろう、年季の入った一軒家や、古そうな喫茶店にスナックもちらほら建っている。懐かしい風景というものは案外こんな場所に何食わぬ顔で残っているものだ。長野の自宅のそばはもう、巨大資本のショッピングモールで何もかも事足りてしまうものだから、商店街なんて息子はもしかしたら見たことがないかもしれない。春休みが始まったら、こっちに遊びに来るよう誘ってみようかな。

商店街を離れると、今度は小さな川沿いに三階建てのスーパーを見つける。あ、ここは普段の買い物にちょうどいいかもしれないな。大きすぎも小さすぎもしない、さすがにショッピングモールとは言い難い規模感だったが、二階には衣料品、三階には日用品のフロアもある。今はあまり言わなくなったけれど、ショッピングセンターという形容がふさわしいだろう。蛍光灯の照明はどことなく薄暗く、館内ではお買い得品を知らせる館内アナウンスがけだるげに垂れ流されていた。

一階フロアはスーパーで、とりあえず調味料や油の類を買っておかなくちゃ、とカートをがしゃこんと引っ張り出して歩き始める。いつもの感覚より生鮮食品は少し割高に感じたけれども、お肉は安い気がする。規模感もあいまって、このちょうどいいショッピングセンターのことをわたしは早々に気に入ってしまった。とりあえずと思って、スパゲッティの乾麺やレトルトカレー、菓子パンなどをカゴに放り込んでみる。じぶんひとりの食事と思うと、気持ちはずいぶん楽だった。洗濯や掃除と違って、料理とはやったらやったぶんだけ散らかるタイプの家事である。下ごしらえも洗い物も億劫だし、なにより食べ盛りの息子が十五分でたいらげるものを、一時間も二時間もかけて作るのはどう考えても非効率にしか思えなかった。たまに手の込んだ料理を作るのはいい。でも、冷蔵庫の中身やストックを逐一気にしながら、毎日毎食家族の食事のことを考えて暮らすというのはそれなりの苦痛を伴うものだった。

一時は夫に料理を担ってもらおうかとも考えたけれども、まだまだ好き嫌いのはげしい息子のことを考えれば、なるべくいいものを食べさせたい。そのじぶんなりの細かいこだわりが邪魔をして、実行には移さなかったのだ。家族として人と一緒に生きていくということは、こんなにも食事のことを考えなくちゃいけないだなんて、結婚前には思いもしなかった。どんなに料理が好きな人だって、そこはきっと共通する感覚なんじゃないだろうか。こんなふうに思うのは、わたしだけなんだろうか。

生鮮や日配品コーナーの先には、小規模だが総菜売り場がぺかぺかと照明を光らせていた。小分けのパックに詰められた総菜が並ぶケースの脇には「つくりたて！　十三時三十分　からあげ／ピザ／メンチカツ」と書かれたホワイトボードが立てかけられている。すごく安い。ワゴンを使ってせっせとからあげのパックを店頭に並べていく従業員の姿を見ていると、なんだか無性にそれがおいしそうなものに見えてきた。ピザもメンチカツもそそられたけれど、からあげ。食べざかりの中学生の例に漏れず息子の好物であるそれは、我が家の定番メニューと化したゆえ、じぶんで作ったもの以外のそれを口にする機会はめっきり減った。ひとつ、買ってみよう。ホワイトボードに書かれたとおり、まだ熱いくらいのパックを手に取りカゴに放り込む。結局、できあいのものばかり買ってしまったな。

息子にはとても見せられないようなわんぱくなカゴの中身で会計を済ませてレジを抜けると、出口につながる通路に面した形で、これまたこぢんまりしたイートインスペースがあるではないか。どうやらスーパーで買ったものに関してはここで食べてもいいという決まりになっているらしい。少し疲れたし、買ったばかりの総菜をここで食べちゃおう。

こぢんまり、と思ったけれど、中に入ってみればスーパーの併設にしては長椅子もテーブルもやけに大きいものがいくつも置かれていて、それなりに広い。真ん中にはセルフ式だがウォーターサーバーも用意されており、ここは買い物を終えた人々のちょっとした憩いの空間といったふぜいだった。シルバーカーに杖を立てかけて休むおばあさんに、外回りの途中なのか、突っ伏して仮眠をとっている壮年のサラリーマン。

空いていた席に腰掛け、買ったばかりのからあげのパックをぱかりと開けてつまんでみる。じゅわ、と厚い皮から脂が滲み出て、にんにくの香味が口の中に広がった。うん。おいしい。衣はけっこう厚めだがずいぶんパンチのきいた味付けで、食事というよりはなんだかビールが欲しくなってくる味だ。スーパーの総菜ってたいていひとりかふたりで食べる用に小分けだし、あんまり買う機会がなかったけれども最近のものはずいぶん凝ってるじゃないか。バックヤードで量産されているであろう、できあいの総菜をすこし見直した。

隣の席では女の子がふたり、ポテトチップスやら紙パックのジュースやらを机に広げながらおしゃべりしている。無造作に床に置かれたスクールバッグには、なんとかジュニアハイスクール、と英文字のロゴが書かれていた。このあたりの中学生だろうか。否応なしに耳に入ってくる会話を盗み聞けば、彼女たちはどうやらまもなく卒業式を控える三年生のようだった。

「まって、卒業式まであと一週間しかないの⁉」「いや一週間もあんじゃん。ね、式が終わったあとさー、カラオケ行こうよみんなで」「え、めっちゃいい」「もうパーティールーム予約しちゃう？」「そうしよ。もう卒業式の日はねー、十時まで絶対帰んない。いや、十一時くらいまで遊びたいな。それでさぁカラオケ終わったらさぁ公園いこうよ」「十一時はやばくね？　さすがに補導されるよ」「されないよ。卒業式だって言ったらねー、警察も見逃してくれるよ絶対」「そうかなあ。一応ママに聞いてみる」

思わず口元がゆるむ。ぽんぽんぽんとテンポ良くはじきだされる会話の、そのかわいらしいことといったらなかった。十時まで遊ぶ。それがいかに非日常で、スペシャルな体験であるかは、彼女たちの声色から明らかだった。でもまあ、中学生が遊ぶには遅すぎるわねと心の中では苦笑した。息子と同世代。体つきも考えもどんどん大人に近づいてくるけれども、中学生とはまだ明らかに子どもなのだ。そばで交わされる会話のあまりのみずみずしさに、彼女たちの目の前に広げられたポテトチップスやチョコレート菓子や、さらにわたしの前に積み重なったからあげさえもぱーんとはじけて飛んでいってしまいそうだった。一週間後の夜十一時のその公園へわたしも出かけて行って、彼女たちが気持ちよく健全な夜遊びにいそしむのを、保護者の顔をして見守ってやりたくなった。あなたたちだけじゃ危ないから、おばちゃんついていってあげようか、と喉元まで出かかったのをどうにかおさめる。得体の知れない人についてこられたら困るのは彼女たちのほうである。

女の子のうちひとりが、首からじゃらりと下げたスマホをチェックして、「やば！　今日の夕飯、からあげだって。やった～」と無邪気に笑い声をあげ、それからほどなくしてふたりは席を片付けて颯爽と帰っていった。「ウチのからあげめちゃウマいよ」「え、食べたい」。

笑い声はだんだん遠のいていって、イートインスペースはそれからずいぶん静かな場所になった。無条件に用意される夕飯というもののありがたさに、彼女たちはきっといつか気がつくだろう。その微笑ましい光景は、それと同時にさっきまで億劫に感じていた料理という行為に、不意に意味が宿った瞬間だった。そうか、誰に言われるでもなくて、わたしがそうしたいからしているのだった。

中学生たちが去ったあとで、ひとつだけ残っていたからあげを再び口に運ぶと、不思議なことにそれはひと口目の印象とはまったくかけ離れたものに変わっていた。冷えると味が変わるものなのか、にんにくの香りはすっかり飛んで、どちらかというとボソボソと味気ない鶏肉がわたしの目の前には横たわっている。衣と肉のあいだには、取り除ききれなかった余分な脂身のぶよぶよした塊がくっついていて不快だった。人が作ったものには変わりがない。けれども、これには決定的に何かが欠落しているような感覚があった。愛情だとか、手間だとか、そんなふうに陳腐なひと言で言い表せるものではない。そう思ったはずなのに、じぶんの両親の手料理とはどんなものであったか、わたしはすぐには思い出すことができなかった。おふくろの味はと聞かれて、即答できない。記憶の片隅にあるようでなかなか引っ張り出せない、味の思い出がわたしにもあったはずだ。けれども親の手料理というのは、実際のところそこまで好きじゃなかったのかもしれない。母もわたしと同じくして、料理の苦手なひとだった。

屈託なく「ウチのからあげ、ウマいよ」と断言してくれる確かさが、ほんの少しうらやましかった。全部を好きになってくれなくてもいい。たったひとつでいい、あんなふうに言ってもらえたらうれしいな、とふと思う。

からあげ、今度会ったら息子にもっと喜んでもらえるように、今のうちに練習しておこうか。そう思い立って席を片付け、さっき通り抜けたはずのレジを逆走し、再び売り場のはじめに戻って、自己流からあげの材料を集めにかかる。望んでやってきた単身赴任生活の幕開けだというのに、不意に心細い気持ちになる。無条件に出される日に三度の食事。ありがたいなんて思ってくれなくて、いっこうにかまわない。今はまだ、その正体を知らなくていい、どうか知らないでほしい。

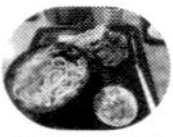

+フォロー

好食@一代男のおかわりもういっぱい!

こんにちわ! (^O^) 好食@一代男です。
食べてる時がイチバン幸せな70代オヤジの日常を、徒然なるままに・・・

最近のスーパーって・・・(^O^)

ブログテーマ：総菜

★今回のおかわりもういっぱい!★
『フレッシュマーケット青天堂』
手づくりからあげ@358円

ニンニクの匂いにつられて、ついつい買っちゃいました……
ジューシーで肉厚で、あっちゅうまにペロリです。最近の総菜、アッパレ!!ヽ(^o^)ノ

「いつもの味」

目が覚めると喉の奥が貼り付いたように乾いて痛い。寝汗をぐっしょりとかいていて、細かいことは忘れてしまったが悪い夢を見ていた事実だけは覚えていてうんざりする。マンションの一室で半身が溶けかかったじぶんの死骸を、こぶし大はあるデカいハエになって窓の外から眺めている夢。ここ最近はほとんど毎日見る夢だった。内臓が腐るほど誰にも見つけてもらえないなんて、いくらなんでもあんまりだと思わないか。

そろそろエントランスの植栽を手入れしなくては。それから外壁の塗装も塗り替えどきだし、宅配ボックスの鍵の調子が悪いって連絡もあったな。入居者情報と紐づいた、管理人用のパソコン画面に記されたアラートをざっとチェックしながら、インスタントコーヒーの粉末が入った缶を開ける。すぐ近所で管理しているアパートもそろそろ契約が切れるころだし、最近売り上げが伸び悩んでいる、となり町のゴースト・レストランの経営方針も考え直さなければならない。不動産と飲食経営。手広くやればやるほど、タスクはいくらでもあった。寝覚めが悪いということはうまく眠れていないということの証左なのか、このところ寝ても寝てものしかかるような眠気に襲われていた。インスタントコーヒーの粉末を、普段よりひとさじ多めにすくいあげて湯に溶かす。日に日に濃くなるコーヒーの味を、もうおいしいとは思わなくなった。生活を維持する装置としての一杯。

ワンフロアに二世帯という仕組みのマンションは、最上階部分だけをペントハウスに仕立てて、わたしはそこで生活を営んでいた。ペントハウスといったって海外セレブのそれではなく、ほかの部屋よりほんのすこしばかり間取りが広いというだけだ。屋上があるわけでもないから開放感は大して得られなかったが、広く取った非常階段部分をバルコニー代わりにして、こっそり椅子なんか置いちゃったりして天気のいい朝の時間はここで過ごしている。この前は夜中にバスタオルを干していたのを四階の男の子に見られておかしな顔をされたけれども、ここはわたしのマンションなのだから多少のわがままは許してほしい。君がゴミの分別をまったくしないことをわたしは知っているが、今のところお咎めなしなのだから。

いつも頼んでいる剪定業者に、来週あたりに来てほしいという旨の連絡を入れて、ぱたりとパソコンを閉じる。今日は久しぶりに実家に顔を出すことになっているのだ。

「それでね、三位一体《さんみいったい》サンドイッチっていうのを今度作ろうと思うの」

急に降り出した雨が、アスファルトを点描画のようにぽつぽつと濡らしはじめる。「に　にこサン　イ　チ」と看板の塗装が剝げかかった小さな店のカウンターで『天界からのグッドバイブス＆ヒーリングメッセージ』と書かれたクリーム色のパンフレットを嬉々として広げながら目の前の老婆、もといわたしの母親はそう言った。一見ラジオの帯番組かと見紛うタイトルを冠したそのパンフレットには、悪名高きスピリチュアルビジネスの団体名が書かれている。わたしはいったん目を閉じて深く息を吐いた。雨が強まってきた。

表に出て、店頭に置かれた値下げ品のワゴンをがらごろと引っ張って店内にしまう。ファサードは退色が激しく、元の色がなんだったかを正確には思い出せないほどだった。ここには本当は、「にこにこサンドイッチ」と書かれていたのだ。そしてここが、わたしの実家でもあった。

このあたりの有名な地主のひとり娘だった祖母が戦後に始めた数坪のサンドイッチ店。全盛期をとうに過ぎて今ではほとんど絶滅危惧種のような存在感を放っていたけれど、この手の店の需要は意外となくならないようでなんとか存続できている。混乱期、焼け出された人々を笑顔にしたいという殊勝な思いで始めた祖母のサンドイッチ店は、いわゆる小金持ちの道楽という立ち位置で、まあ正直なところ味は普通の域を出ないのだけれども、なんというかそこに宿る味わい深さというものはちゃんとあった。じぶんが子どもの頃から、ルーティンで毎朝タマゴとツナを買いに来るおじいさんに、朝練前の高校生だとか、家族のぶんまでまとめ買いしてくれるおばさんとか、こづかいを握りしめたチビちゃんまで、この町の人々の生活の一部として店は機能していた。レトロブームとかでテレビや雑誌の取材も何度か来たことがあるし、わたし自身、この店に多少愛着があった。数年前に祖母が他界してからは、二代目として後を継いだ母も創業時と変わらぬ思いと味を継承している——そう呑気に思っていたが、実はもう危ぶまれているのかもしれないと、わたしはここでようやくぴりっとした緊張感を覚えたのだった。

サンミイッタイサンドイッチ。妙に語呂が良いのが腹立たしい。ねえねえどう？ と無邪気に尋ねる母の顔を、しっかりと見たのはものすごく久しぶりのことかもしれない。記憶よりも多くの皺が刻まれた顔から思わず目をそらして、さらに目をそらしていたはずのクリーム色のパンフレットを薄目でめくった。よくわからん。ここでいう三位一体というのは、マリネにしたイワシ二枚・ゆであずき・たっぷりのタマゴをそれぞれキリストと親鸞とアッラーに見立ててサンドイッチにするという突拍子もないアイデアのことらしかった。どういうことなんだよ。宗教戦争にしかならなそうな意味不明な思想だったが、とりあえず黙って次の言葉を考える。実家にしばらく顔を出さないうちに、こんなものに足を突っ込んでいることに気がつかなかったとは迂闊《うかつ》だった。

店の二階部分、久しぶりに帰った実家には透明な液体が入ったペットボトルが台所から居間にいたるまで大量に並べられていた。アンデスの奇跡の長老が念力で注入してくれた、秘石のミネラルが入ったグッドバイブス・ウォーターなの。とよどみなく語る母を無視して、半分ほど開いたボトルから一口手に取り舐めてみると妙な味がした。これでご飯を炊くととってもおいしいの、体の奥からパワーがみなぎってくるの、と母は言う。そうでしょうね、と思った。だってこの液体の味は明らかに、にがりである。豆腐作るときに使うやつ。「にがり　米」でちょっと検索すれば、マグネシウムたっぷりのふっくらご飯の炊き方というのがずらずら結果に表示される。ミネラルというところまではまあ合ってるし、母の課金対象がもっとわけのわからない変なサプリじゃなくてひとまず安心したけれども、５００mlのにがりボトルで三千円もむしり取られているらしいとわかってまた腹立たしくなった。こんなの、店の数軒隣の豆腐屋の爺さんだって同じものをはるかに安い値段で仕入れてるぜと喉まで出かかる。なにがグッドバイブス・ウォーターだよ。

もう買わないで、とだけ釘を刺すと、わかっているのだかわかっていないのだか曖昧な返事だけが返ってくる。部屋の中を見回せば、壺、メダル、水晶をくわえた龍の置物、聖杯、八卦、アメジストのデカい塊、岩塩、音叉、クリスタルブレスレット、曼荼羅のタペストリー、十字架、ビリケンなどなど、ありとあらゆるグッズが棚の上に並べられていた。母がこういうものに手を出すのは、実際のところ初めてではないのだ。父のギャンブル好きが度を越しはじめた時も、わたしが学校に通えなくなった時も、祖母が認知症になったときも祖父が床に臥した時も近所の人が屋根から落ちた時もサンドイッチ屋の床下にねずみが巣くった時も、母はいつでも何かに祈りを捧げていた。いったいどこから「そういう」話をもらってくるのか知らないが、とにかく水だとか壺だとかお札だとか石だとか、効くと言われたものを信じ切って考えなしに対価を支払ってしまうのだ。家が破産するような大きい額ではない。でも、しだいに家の中に増えてくる祈りの道具の存在に息苦しくなっていったのはわたしのほうで、懸命に祈ってばかりいる母から逃げるように、でも離れすぎないように——祖母の土地で不動産の管理業を引き受けたのだった。

今回の祈りの対象は母自身だった。結局、誰にも言い出せなかった体調不安を抱えていたところに、たまたま店に来た常連客の勧めでグッドバイブスなんとかに入会してしまったというのが事の顚末で、三位一体サンドイッチを店に並べるまでもなく母は検査入院に入ることになった。よかった。いや、よくはないんだけど……。検査入院自体は一週間と言われたが、その後も退院まではまだかかるとかで、「にこにこサンドイッチ」の休業は長引きそうだった。もし余裕がありそうだったら、少しお店、開けてくれないかなあ。と、ベッドの上でわたしの顔を見ずに母は小さくつぶやいた。それはわたしに対して発せられた、ほとんど初めてのお願いだった。いいよ。もちろん、できるよ。やるよ。逃げるように、でも離れすぎないように。ここから離れられないふりをすることは、結婚もせず、定職にも就かないことへの格好の言い訳だった。母そのものへの興味など、さほどなかったのかもしれないし、母はそのことをとうにわかっていたのかもしれない。家族のなかで、一番最後に残ったのがこんなに醜いわたしでごめんなさい。あらゆる事象に対して懸命に祈りを捧げる母の気持ちは、わからなくもなかった。実家から勝手に持ってきた、薄緑色に光る天然石の結晶に目をやる。こんなものが、なんの役に立つというのだ。ただきれいだから、持ってきたのだけど。

しばらくお休みします、の貼り紙には、うれしいことに常連客からのいくつかのメッセージがマジック書きで添えられていた。待ってるよだとか、むりしないでね、だとか。剝がす前にスマートフォンでぱちりと撮ったのを、母に送る。きっとよろこぶだろう。空気がこもって少しだけ蒸し暑い店の戸を開け放ち、レジの下にしまわれた手引き書のキャンパスノートをめくりながら厨房に立ってみる。使い込まれたノートは祖母の文字と母の文字が交互に記されていて、読むにつれ小さい頃に祖母のかたわらでお手伝いをしていた記憶がうっすらとよみがえってきた。すごいじゃない、上出来ね。なんて賢い子なの。祖母の手がわたしの頭を撫ぜる、その温度を思い出す。過去の純然たる時間のなかに、わたしの幸福と呼べる素朴な瞬間が確かにあったような気がしてきた。そしてそれと同時に、何か複雑だった問題がわずかに氷解したような、わかる、という気持ちがやってきたのだった。

店のサンドイッチを作ること自体は経験があったし、何もかもまるっきり初めてのことではない。手伝っていたのと同じことを、ひとりでやるだけだ。今朝に合わせて届けてもらった仕入れの食パンにバターを薄く塗って、それからキュウリ、ハム。タマゴのフィリング。いくつかの決められた手順をこなし、刃渡りの長いパン切り包丁で耳をそろりと落とす。はじめのうちは上手にはいかないものの、何度か繰り返してコツをつかんでくれば、それなりにきれいなサンドイッチができあがった。まずは、試しに。直角三角形の鋭角にかじりつけば、しっとりとやわらかいパンの食感とともに、ふうわりとバターの香りが鼻に抜ける。二ミリにスライスしたぱりぱりのキュウリもちゃんとアクセントになっているし、ゆで卵をつぶしたフィリングに、レシピには書かれていなかったが試しにしのばせてみた、からしマヨネーズもいい塩梅だ。うん、なんか、できる気がしてきた。

数日経てば、店番の代わりは自己評価としてはよく務まっているように思えた。ルーティンで毎朝タマゴとツナを買いに来るおじいさんに、朝練前の高校生だとか、こづかいを握りしめたチビちゃんにてきぱきと白い三角形を手渡して、そして昼過ぎにはほとんど空になったショーケースに少しずつまた三角形を詰めて隙間を埋めていく作業は思いのほか充実感が得られるものだった。立ち仕事はそれなりに堪えるし、やることはたくさんあるけれど、この数坪の小さな店を回していく体力くらいは、まだじぶんにはありそうだ。問題なくやれる。自宅マンションに帰ってから、パソコンで新しく作成した売り上げと在庫の一覧表を整理する。あの何かが氷解する感覚が、ふたたびやってきた。わかる。いつになく頭の中がクリアだった。ふと顔を上げて、あの石に目をやる。きれいだった。見ていると不思議と心が静けさを取り戻し、凪いでいくように思えたのだ。

二代目を当然のように引き受けた母がいたせいか、じぶんが後を継ぐという発想はなかったけれども、このまま店を継いでもいいのかもしれないな。なんだ、いいじゃないか。人を笑顔にするサンドイッチ。ありがとう、と口々に言っては立ち去る客たちの姿は、神々しくさえ映った。お礼を言ってもらえる仕事って素敵なことだ。もともと飲食業は好きだし、となり町で経営しているゴースト・レストランと違って、じぶんの手を動かして、お客さんの反応を直接見られる経験は久しぶりで新鮮なことだった。母が退院したら、店のことを切り出してみよう。

店に立ち始めて数週間ほど過ぎたあたりで、せっせと米を炊くのに使いまくったおかげで実家の台所のにがりウォーターがなくなってきた。毎週少しずつ、台車でまとめて自宅に運び込んでは消費した甲斐があったのだ。実家にあったぶんもまとめて、ペットボトルを店先で資源ごみに出そうとしたところで、あら、と後ろから声をかけられた。振り向くと見覚えのある顔だった。昔から、家族のぶんまでまとめ買いしてくれるおばさんだ。たぶん、母と同じくらいの年齢だろう。両腕にいくつも装着された、数珠ブレスレットが重たげだった。名前は知らないが、彼女もまた常連客のひとりである。

タマゴ二、ツナ三、ポテト三。紙袋をふたつに分けて。「お母さん大変でしょう」と言うおばさんに、でももうおふくろも無理がきかないと思うんで、このまま継ごうかと思って、とへらへら世間話までする。おばさんはニッコリと効果音がつけられそうなくらい顔じゅうの皺を深くして笑った。殊勝な息子だと思ってくれればいい。まぁ〜そうなの、というおばさんの相槌に返すように、数種類のサンドイッチを包んで、はい、と手渡すのと同時に、お金とは別に薄い冊子のようなものがこちらにも手渡された。え、と見れば、それは『天界からのグッドバイブス&ヒーリングメッセージVol.228』と書かれた、クリーム色の表紙のパンフレットだった。これお母さんに渡しておいて。しばらく忙しいかもしれないけど、こういう時ほど効くから。ネ。

ことの発端はおまえだったのか。パンフレットを凝視して思わず息を呑んだわたしの態度でおばさんは何かを察したのか、人生ね、こういうのが必要なときもあるのよ、と噛みつくような口調で続けた。そもそもお母さんがどんな病気か知ってんの？ ずいぶん自由に暮らしてるみたいだけど、お母さんの苦労考えたことあるの。継ぐだなんて簡単に言うみたいだけど、本当にお店のこと考えた？ と、まくし立てながらおばさんはなおも続ける。続けながら、おばさんはさきほど手渡した袋の中からタマゴサンドをひとつ取り出し、あろうことかわたしの目の前でひと口かじりついた。

「――まあ、パンはいいにしても、具がいつものと違う感じがするよね。特にタマゴが……ちょっと、ねえ。あたしここ、おばあさんの頃から知ってるけど、あの人とお母さんにはねぇ、ちゃあんと母娘の絆ってモンがあったよ。それが味にも受け継がれてたよ。あなたね、お母さんが具合悪くなったからってちょっと出てきてすぐ真似しようったって、いつもの味にはならないよ。これじゃまるっきり別物だよ。べ・つ・も・の」

クチャクチャと口を動かしながら、おばさんは捨てといて、と食べ終わったサンドイッチの包みを無造作にカウンターに放り投げ、「イーッ」の顔で動物のようにこちらを威嚇しながら去っていった。な、な、なんだったんだ。ただの一言も言い返すことができなかったその嵐のような来襲に、わたしは立ち尽くすことしかできなかった。

怪しいビジネスの勧誘はひとまずさておき、おばさんの言うことにショックを受けているじぶんを認めるとまたショックだった。側《はた》からは悟られまいとしていたことをドンピシャ、言い当てられたからだ。それに祖母と母の残した手引き書のキャンパスノートを開いたときに、そのことは薄々感じていた。気の合うふたりが奏でるピアノの連弾のように、祖母と母の字には美しいリズムがあった。書かれてあることそれ自体は、真似できる。けれども、まったく同じにはならないだろうという予感がした。母の病気のことも、店のことも本当のところはよく知らない。知りたくもならない。わたしには人のために何かをしたいという欲求が、根本的に欠けていた。人を笑顔にしたいだとか、お礼を言ってもらえる仕事が素敵だとか、ちょっとした親切の類までも、それがじぶんの自然な感情の発露から生まれたことはおそらく一度もなかった。社会通念上良いとされていることを、ただなぞって真似をしているだけ。だからひとりきりのマンションの一室で死骸になったじぶんの姿が、容易に想像できてしまう。人間のふりをしている。そういう感覚が、もっとも正しいような気になった。薄々、いやずいぶん前からわかっていたことだったが、それをきっとあのおばさんは見透かしている。天界からの進言なのだろうか。いや、まさかね。

「タマゴが……ちょっと、ねえ」

目の前で口元を歪めて嗤《わら》うたったひとりにさえ、正々堂々言い返すことも、サンドイッチがう

サンドイッチがうまいと言わせることすらもできないなんて。

気落ちしたままマンションに帰ってきたあとも、コーヒーをいれて飲み干したあとも、不自然に歪んだ唇が脳裏にこびりついて離れない。少し、疲れたのだ。眼鏡を外して、デスクに飾ったままのあの石を見る。やわらかな光をたたえたそれは、まるでわたしに何かを語りかけているようだった。もう一度よく石を見る。何か――。

もう夜中をとうに過ぎていたが、今度は眠れなくなって冷蔵庫をひっくり返して十二個入りの真新しい卵のパックを取り出した。祖母のレシピを記したノートは手元にある。中身をもう一度よく読んで、やってやる、と思った瞬間、手を滑らせてパックが丸ごと、がしょんと床に落ちた。透明なパックの中でみるみるうちに、割れた卵の殻と中身が混ざり合っていく。ワッと声を上げて、取り落とした卵を懸命に拾い集める。ずるずると黄身のはみでた粘性のそれは、雑巾で拭っても余計に染みが広がるだけのように思えたので、仕方なく手ですくいあげた。何度も、何度も、

何度も。床に這いつくばり、こうべを垂れて両の手を合わせるその様子は、滑稽な祈りの姿に見えたかもしれない。

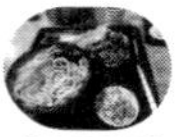

+フォロー

好食@一代男のおかわりもういっぱい!

こんにちわ! (^O^) 好食@一代男です。
食べてる時がイチバン幸せな70代オヤジの日常を、
徒然なるままに・・・

応援したくなる3代目主人 (^O^)

ブログテーマ：サンドイッチ

★今回のおかわりもういっぱい!★
『にこにこサンドイッチ』
タマゴサンド@230円

しっとり食パンに、こってりマヨの効いた自家製タマゴがベストバランス♪
最近3代目を継いだという、ご主人も、なんだか応援したくなっちゃいましたヨ (^-^)

完璧な調理法

学習机の棚に置いたスマートフォンがもっもっもっと小刻みに震えだしたので顔を上げる。バイブレーションの振動を感じるとき、大きなベルが鳴るよりも驚くことがある。十八時。宿題のプリントはきりのいいところで終えられた。続きは夕食のあとでいいだろう。クローゼットから着替えを取り出して、入浴の準備をする。浴室に入る前もパパからの連絡は特になかった。今日は少し遅くなるのかもしれないな。

適切な手順で入浴を終えたあとで、パパが買っておいてくれた挽き肉をこねてみじん切りのタマネギを加える。すこし涙が出る。これはタマネギのもつ、なんとかっていう成分だって小学校の家庭科で教わった気がしたが、すぐには思い出せなかった。塩こしょう適量、それからまたよくこねて成形する。あとはパパが帰ってきたら焼くだけ。ご飯も炊けている。あともう一品、付け合わせの簡単なサラダくらいなら作れそうだ。明日の仕事帰りに、パパに野菜を買い足してきてもらおう。

ママが単身赴任になってから、台所はほとんどじぶんの領域となった。卓球部の練習がない週三日、家にあるものを使ってパパとふたりぶんの食事を用意するだけ。献立はぼくでも作れそうなものを、なんとなくパパが考えてくれる。この提案をしたのはじぶんのほうからだった。運動部といっても、文化系の部活が吹奏楽部くらいしかないゆえ、消去法で入部してきた冴えないメンバーで構成された万年予選敗退の弱小卓球部。大会も遠征も出る機会なし。部活のない日は特に暇で、だいたいはマインクラフトかスプラトゥーンで遊んで過ごすばかりだったのだけれど、それまでは好きでも嫌いでもなかった家庭科の教科書を眺めてみたら、けっこう役に立つことばかり書いてあるじゃんと思ったのだ。ハンバーグ、みそ汁、カレー、シチュー、さばの塩焼き、豚汁、肉じゃが、ほうれん草の卵とじ、炊き込みご飯、ぎょうざ、簡単お好み焼き、白玉だんご。和洋中問わず、基本的な食事は調理実習で覚えた。どれも全然難しくないし、じぶんの好きな味付けにできるし楽しい。これまでもママに言われていやいや手伝いをすることはあったけれど、はじめからじぶんの力で手順を覚えてやってみるのとでは大違いだった。キッチンまわりの道具の使い方や、野菜の選び方まで、吸収した知識を即実践できるのは料理のおもしろいところだ。何もないフィールドから道具を使って物を作るマイクラとよく似ている。

料理をするようになったよ、と言ったら、ママは目尻を大きく下げて喜ぶだろうか。あるいは、パパは何やってるの、となじるだろうか。そのどちらも想像できてしまったので、言わないようにしておこうか。

ときどき、本当にときどき。ママは女の子が欲しかったんじゃないかと思うことがあった。ママはぼくのことを、小さな王子様のようにも、よく飼い馴らされた獣のようにも扱った。うまくは言えなかったが、そんな気がした。

《スーパーの近くに商店街を発見。東京だけど意外とのどか》
《今日は自転車を買いました。久しぶりに乗ったら筋肉痛～》
《近所のサンドイッチ屋さんのご主人が、なんとマンションの管理人さんでびっくり！》
《来週から春休みだね。詩季も一度は遊びにおいで》

今日でママの引っ越しが終わってから一ヶ月。その間の週末に一度だけママは帰ってきたけれど、持って行きそびれた荷物を回収して近所のファミレスでご飯を食べただけで、嵐のようにまた戻っていってしまった。家族のグループＬＩＮＥでほとんど毎日連絡は取っているけれど、送られてくる日記のようなたわいないＬＩＮＥになんて返せばいいかわからなくなって、ＯＫのポーズをした犬のスタンプをひとつだけ押す。クラスメイトはみな口をそろえて、お母さんのほうが単身赴任なんてすごいねと言った。どうして？　と聞けば、うちじゃ絶対無理！　と笑う。そうかなあ。どうして無理なのかまでは聞けなくて、わからずじまいだった。ママってすごいんだろうか。片道三時間、そんなに遠い場所だとは思わない。寂しくないかと聞かれたら、うんと答える。でも、全然平気かと聞かれたら、答えには困る。こんなことがよくある。「主人公の気持ちを書きなさい」。じぶんの人生が現代文の問題になったら、きっと誰も正解できないんじゃないかと思う。正解を教えてほしいのはいつだってぼくのほうだった。

付け合わせのレタスを洗っているあいだにパパは帰ってきて、おっハンバーグできてるのか、いいね、すぐ食べようね、と洗面所とクローゼットを行ったり来たりしながら話をはじめた。今日は——で、——だったからさぁ、——も、——さんが——。ざばざばと蛇口から出る水の音でかき消されて、家の中をうろうろしながら話すパパの今日のハイライトはほとんど耳に入らない。歩きながら話しかけないでよ、と言えば、パパはごめんごめんと口を開けて笑った。ぼくが何か言うとみんな笑う。別段嫌な意味をはらんだものではなかったが、どうしてそんなに笑うんだろうといつも思う。人知れず口角を上げてみる。頬が痛くなってすぐやめた。笑うっていうのはもっと、おもしろいとか、うれしいときにするもんじゃないんだろうか。

せわしないパパを横目にハンバーグを焼いて食卓に出す。「あのさ、こう言っちゃなんだけどさ、詩季、ママより料理の才能あるかもしれないよ」と、パパは笑う。笑うんだ。そうかな、とこぼして言葉を濁した。レシピ通りの分量と時間を守ってできあがったハンバーグはたしかに自分好みの味である。でもこんなことは、難しいことじゃない。

ひとつだけ、どうしてもママには言えないことがある。それはママの料理が全然好きじゃないということだった。日々出される食事に感謝していないわけではない。ただ、それが好みかどうかは別である。おいしくない、と言い切るほどではないが、好きではない。ママの料理を楽しみに帰宅する、そういう光景というのはじぶんにとっては遠い国の物語のようだった。

ママの料理のどこが具体的に気に食わないかは、じぶんが台所に多く立つようになってわかってきたことだった。しょっぱい、甘い、酸っぱいといった味の加減に、煮すぎ、焼きすぎという工程のオーバーさ、そしてそもそも食材に対する調理法の選択が、ぼくの好みとはまったく異なっているのだった。たとえばシイタケ。今のぼくだったら、切れ目を入れてバターと醤油でさっと焼くだろう。ママはこれをくたくたに甘く煮る。最悪の場合これに高野豆腐とかを入れてくる。ナスだって、焼き浸しにしたらきっとおいしいのに、ママは絶対に蒸すのだ。食卓にあがる味気ないナスを目にするたびに気分が下がる。家での食事の時間がさして楽しいものではなかった理由がようやくわかった今、ママに胸を張って、ぼくは料理をしていると言いたくなった。

東京に向かう上り方面の特急列車というのは春休みでも特別混んではいなかった。次の停車駅を知らせるアナウンスで、ゲームから顔を上げる。駅で見送り間際にパパが買ってくれたじゃがりこは、半分も食べずに窓のへりに置いたままだった。外を見やれば、地元にあるのと同じショッピングモールや畑や河川や似たようなチェーン店がならぶ国道の風景がスタンプのように何度か繰り返されたあとで、都心に近づくにつれ青灰色のビルが眼前に増え始める。視線の奥のほうにある、変わったかたちのビルを眺めてあれはなんだろうと想像する。ホテルかな。それとも、専門学校か、カラオケかもしれない。マイクラでも作れそうだなと思って、なんとなくスマホを取り出して撮る。どれだけ時間があったとしても、きっとあそこに行くことはないだろう。地元もそれなりになんでもあって栄えているほうだと思っていたけれど、じぶんの生活圏にすら、得体の知れない建物があるというのは都会の特徴であるように思えた。片道三時間。まあ、思ったより遠いかもしれない。今夜はママの家に泊まって、明日はこっちの私立高校のオープンスクールに参加する予定だった。長野を出るにはまだ早いけれど、東京の私立高校がどんなものか、詩季も一度見ておくといいよ、とママが言ったのだ。送られてきたURLから高校のホームページを眺めれば、今通っている中学の貧弱なラインナップと違って、鉄道研究会に天文部、コンピュータ部、折り紙競技会、クイズ研究会、パズル同好会、弁論部、チェス倶楽部、手品部、クッキング同好会……魅力的な部活がいくらでもあった。部活を紹介するページのどこにも、男子と女子が笑い合う写真が載せられている。それはなんだか、別の世界の住人のようでもあった。

　新宿で特急を降りて乗り換えた山手線の車内にはドア上に全面モニターが取り付けられていて、ちょうど学校で流行っているような芸人やタレントの短い動画が延々と流れていた。いくつも番組があって、二〜三分間隔で切り替わっていく仕組みらしい。ユーチューバーがお題に合わせたジェスチャーを披露するコーナーが終わるとまた別の番組がはじまった。幼い子どもが、じぶんの親の働く姿が映された映像を見て手紙を書くという企画らしい。ファッション雑誌の編集者として働くお母さんの映像を見せられた小さな男の子が、いつものお母さんとは違ってかっこよかった！　と用意されたようなせりふを言って、「おかあさんいつもありがとう」と画用紙に大きく似顔絵を描いている。受け取った母親が男の子を抱きしめて涙ぐむシーンで映像は終わり。言われてみれば、両親がどんな仕事をしているかなんてよく知らない。パパとママは同じ会社で働いているってことくらいだ。毎日学校と同じように会社に通って帰ってくるサラリーマン。ファッション雑誌の編集者をやっているお母さんというのは、さすがにクラスメイトの中にもいないだろう。じぶんの身近な仕事といったら、学校の先生、お店の店員さん、宅配便の人、図書館の人、理容師さん、あとコームイン、サラリーマンとか。そんな感じ。編集者とか研究者とかパイロットとか歌手とかプロゲーマーとかスポーツ選手というのは、職業として認識はしているけれど、どうやってなるのかもわからないし、周りにそんな仕事をしている人もいないからよく知らない。車内を見回してみれば、モニターに目を向けているのはじぶんだけだった。

記された最寄り駅にたどり着いてみれば、そこはじぶんの住む街の駅よりもうんと小さかった。通っているのは地下鉄一本だけ、ちょっと数駅いけばすぐ埼玉県だという。改札の向こうにはママが迎えに来ていて、ぼくの姿を認めると片手をぶんぶんと高速で振った。想像していた都会のにぎやかでアーバンな感じじゃなくて、じぶんの住む街ともおじいちゃん家《ち》とも似つかない、やけに静かなところだった。どことなく拍子抜けしたあとで、やけにテンションの高いママの一歩後ろを歩きながら、静かな町の静かなツアーがはじまった。昔からあるらしい商店街に、最近お気に入りだというサンドイッチ屋さん、小さな川沿いの三階建てのスーパー。じぶんの知らない日常風景を見せられたあとで、ママがこの町で、ぼくたちとは別の生活を営んでいるということには違和感があった。

「詩季、今晩はからあげでいい？」

カートを押したママが振り返ってそう言った。黙って首を縦に振る。そうだ、言いたいことがあったんだ。最近は、ぼくが料理を、するようになったんだ。先へ進もうとするカートの持ち手を掴んで咄嗟に言う。ママは一瞬だけ目を丸くしたあと、にやりと笑った。やるじゃん。じゃ、おかずは詩季に作ってもらおうかな。

カートの主導権をあっさりと明け渡されて一瞬戸惑ったけれども、頭の中で作ったことのあるメニューを思い出して食材を入れていく。シイタケにナス、トマトなど野菜をカゴに入れるたびママはいちいち驚いた。嫌いなんじゃなかったの、と言うものだから、炒めるのは好き、とか、生じゃなきゃ好き、とか、さりげなく好みの調理方法をコメントしていく。そう。どうやらママは、ぼくのことを相当な偏食だと思っている節がある。そうじゃないと正面きっては言いづらかったけれど、わかってほしかった。詩季も大きくなったんだねえとおばあさんみたいにつぶやきながら、ママはカゴの中身をしげしげと眺めていた。

「小さい頃は、野菜なんてなあんにも食べなかったんだよ」と、半分ずつ分けたレジ袋をぶらぶらと振りながらママは言った。スーパーの前を流れる小さい川は、両岸がちょっとした緑道になっていて、ジョギングや犬の散歩をする人がまばらにいた。

「煮たり、蒸したりいろいろ工夫したけど、もうそうじゃなくてもいいんだねえ」

じぶんがもっと子どもの頃の話なんて、ちっとも覚えていないのだから困る。別になんでも食べられるよ、と返せば、ママはまた大きく腕を動かしてふうん、とも、ううん、とも取れる声で唸った。右手に提げたレジ袋が、ゆったりと半分の弧を描く。パパ高血圧になるから、あんまり味付け濃くしすぎないでね。ぼくは黙って頷いた。かたむいた陽が当たって、わずかに光を反射する川面がまぶしかった。暖かくて肌寒くて身体の内側は火照るようで、すべての季節がこの川辺に存在しているような錯覚をおぼえた。

スーパーから歩いて十分くらい、静かな町のさらに静かなマンションが現れる。これもまた、想像していたよりも、小さい。エントランスをくぐり抜けるときはなぜだかすこしだけ緊張した。友達の家に行くときは、これっぽっちも緊張なんかしないのに。静かだから緊張するのかと思って、エレベーターを待つあいだ、からあげって鶏肉だけじゃなくて別の材料でもからあげって呼ぶんだって、と、テレビで見聞きしたどうでもいい情報をしゃべる。でも鶏肉が一番おいしいよね、とママは言った。

ママの料理のなかで、ほとんど唯一と言っていい好物はからあげだった。これだけは、味も決まっていておいしい。じぶんでも作ってみたかったけれど、揚げ物はパパのいないときにはやってはダメと言われて、だからひとりでやったことがまだない。たしかに調理実習でも習っていないし、揚げ物ってなんとなく怖くて未知だ。

ワンルームの部屋には見慣れたママの持ち物がきれいにおさまっていた。人間ひとりが暮らすための部屋というのはこんなにコンパクトなんだ。どれもが実家にある洗面台や風呂やテレビの半分ほどの大きさで、なんだかままごとみたいだった。キッチンもすごく狭い。

自宅のものよりもふた回りほど小さい鍋に、とくとくと油が注がれる。昨日から漬けておいたという鶏肉からはビニール袋越しに醬油と生姜とにんにくの匂いが漏れ出していた。「からあげでいい？」なんて言っていたけれど、ぼくが来るのを、きっと心待ちにしていたんだろう。

適温になった油のなかに、ママは小さな生き物を逃すようにそっと鶏肉を放った。油はその瞬間から黄金色にしゅわしゅわと輝き、ぼくはそこから目が離せなくなった。そのうち、ぱん、と音がして、油がすこしだけはねる。熱い！　思わず飛び退いたけれども、ママは腕にはねた油など気にも留めずに鶏肉を放流しつづける。熱くないの、と聞けば、「大人だからね」とまたにやりと笑う。いやいや、大人だって熱いだろう。答えになってないよと反論すれば、ママは今度はあっはっはと大声で笑い出した。いつもはつられて笑うことなんてないのに、今日はなんだかおかしくなって一緒に笑った。

ぼくも大人になったら、はねる油もいとわず、ひとりで揚げ物もできるようになるんだろうか。

それから、誰かのために前の晩から料理の下ごしらえをしておくことも。それが果たしてすごいことなのかどうかは、わからない。わからないけど、ただワンルームのマンションに充満するからあげの匂いが、もっと遠くまで届いたらいいのにと思った。

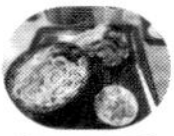

+フォロー

好食@一代男のおかわりもういっぱい!

こんにちわ! (^O^) 好食@一代男です。
食べてる時がイチバン幸せな70代オヤジの日常を、
徒然なるままに・・・

面白きこともなき世を・・・

ブログテーマ：つれづれ

★今回のおかわりもういっぱい!★
『具だくさん自慢のお野菜スープ専門店』
ホワイトシチュー&パンセット@1500円

長男の住むマンションで昨晩はひと騒動あったとか
(-＿-)
人生、幾つになってもトラブルはつきものですね。
すみなしものは心なりけり。

お口に合いませんでした

じりりりりりりりりりという昔ながらの目覚まし時計のベルみたいな音が聞こえて、一瞬だけ実家の風景がホームビデオのように脳裏に浮かんだ。ああいう目覚まし時計だったなー、高校生くらいまで使っていたな。そういえば遠くで何かが鳴っているな。とうすぼんやり思っているとベルの音はどんどん大きくなってきて、しまいには耳をつんざくような大爆音に変わっていったので飛び起きた。否、ベルは初めから大爆音で、わたしが短く深い眠りから引き戻されたというだけのことらしい。それから、どうやらインターホンも鳴っている。じりりりり、と、ぴーんぽーん、の、間延びした不協和音が頭に響く。なにやつ。半分寝ぼけたままドアスコープから廊下をのぞくと、そこには隣の302号室の挨拶無視女が立っていた。目をこすっておっかなびっくりドアを開けると「なんか、非常ベル鳴ってるんで、外、出たほうがいいですよ」と、挨拶無視女は素っ気なく言って廊下の奥の非常階段からさっさと出て行った。ちゃっかりリュックも背負っている。

時刻は深夜二時。ベルは鳴りやまない。あっけにとられたまま廊下に出ると、なるほど異臭が鼻をつく。それからマンション全体に、人がうごめく不気味な気配があった。妙な違和感はすぐさま焦りに変わり、あわててスマホと財布だけスウェットのポケットに突っ込んで非常階段に出る。階下をのぞきこめば、なんと一階から灰色の煙がもくもくと出ているではないか。え、火事みたい。いや、火事だ！

ほかのフロアの住人もほとんど同じタイミングで部屋から出てきたらしく、火事だ、火事だと各々がじぶんに言い聞かせるようにぶつぶつつぶやきながら、いっせいに非常階段を駆け降りる。口元を袖で覆いながらしかめ面で降りてきたほかの住人たちと、互いに顔を見合わせてマンションの向かいに集う。ちょうど先週、もともとあった古い民家が取り壊されたばかりの空き地だ。振り返って見れば、煙はマンション一階の一室から出ているのがわかった。あれじゃないか、よくフードデリバリーを玄関先に放置してるあの部屋だ。火元の住人はこの中にいるのだろうか。まさかまだ中にいるなんてことは、ないだろうか。

ほどなくして、非常階段から最後にひいふうと降りてきたのは小太りのおじさんだった。小脇にデカい石というか、土塊《どかい》のような何かを抱えている。みなさん！　火事です！　火事ですよ！　とおじさんは大声でわめいていたが、みんなそんなことはわかっとるわいという顔をしていた。空き地に集ったのはわたしを含めて九人。マンションの住人はこれで全員らしい。逃げ遅れている人はいないようだった。

誰か、警察や消防に連絡はしたのかな。こんな時に、『アフロ田中』の「誰も…消防車を呼んでいないのである！！！」という有名なシーンのことを思い出して、あの、誰か、消防車とかって呼びましたかね？　と輪に向かって問いかけると、最後にやってきたおじさんがはっとした顔で、そそくさ電話をかけはじめた。

《ええ、はい――それで火事で、煙が出ています。わたしは管理人で――はい、ええ、――、はい、住人は――全員外に避難しています》

「あの人、管理人さんですよね」。わたしの隣にいた人がそうつぶやく。その人は402号室の住人で、おじさんのすぐ真下の部屋なのだとか。そうだったのか。というか、このマンションって管理人常駐だったのか。契約書にそう書いてあったのかもしれないけれど、それでもそんなことにすら気がつかないくらい、ここではほとんど他の住人と顔を合わせることはなかったのだ。

《はい、はい、すぐにお願いします。――火元の住人、ええと――》

おじさんがこちらを振り向くのと同時に、わたしたちもまたお互いの顔を見合わせた。初めて顔を合わせる人も、見たことのある人もいる。一瞬だけ、いや、もしかしたらもうすこし長かったかもしれない——沈黙を破って、あのう、と、一番奥にいた女性が手を挙げた。

「わたし、わたしです。あの、火元の、101号室の、わたしなんです」

挙げたほうとは反対の、ぎゅっと握り締められたこぶしにはまだできたばかりの赤いやけどの跡が点々とあった。痩せているというよりは、骨ばっていると形容したほうが正しい白い腕にはずいぶん生々しい。

「からあげを、作ろうとして、目を離したら油に火がついちゃったみたいで」

えへへ、とその骨ばった女性は力無く笑った。正直笑っている場合ではないのだが、笑うしかないというのもなんとなくわかるので、みんな黙っていた。エントランスでからあげの話をしている人がいて、それを聞いていたら作ってみたくなっちゃったらしい。このマンションのミニキッチンで、よくもまあ火事なんかになるもんだ。202号室の住人だというべつの女性が、消火はしなかったんですか、と気まずそうに尋ねると、廊下の消火器を使おうとしたけど、うまくできなくて消火器ごとそのまま部屋に投げ入れて外に出てきてしまいました、と101号室の主はまた力無く笑った。なんかそれって、けっこうマズいんじゃないだろうか。去年会社の防災訓練で見た、「まるわかり！　火災発生時の初動マニュアル」という安全ビデオを思い出す。

〜安全な消火器の使い方〜

まずは、上部の黄色いピンを抜きます。これは、安全装置です。このピンを抜かないと、消火器を使用することができません。それから①噴射ホースを外し、②火元に向けてレバーを握り、消火剤を噴射させます。よく、ピンを抜くのを忘れて、慌てて消火器をそのまま火元に投げつけてしまう方もいらっしゃいますが、爆発の危険もありますので、絶対にやめましょう！

いくら非常時だからって、安全装置を外さないで投げつけるなんて、まぬけなやつもいるもんだなあと、あのときビデオを見ていたチーフはうわははと笑っていた。わたしもつられて、いくらなんでもねえ！ と笑った覚えがある。ごめんなさい。チーフ、どうやら、いるみたいです。

安全ビデオの内容をいまさら思い出して、わたしたちの誰ひとりとして、まったく正しい初動ができていなかったなと反省する。避難訓練ではまず最初に、第一発見者が「火事だ〜！」と叫んで近隣の人に知らせ、避難誘導をし、その間に各所に通報するのだ。マルチタスクの鬼である。指揮系統のはっきりしている会社組織ならともかく、よく知らない人間同士が住んでる集合住宅ではなかなかハードルが高い。それでも、わたしの部屋のインターホンを押してくれた隣人があのタイミングで叩き起こしてくれなかったら、実家の夢を見たまま眠りこけていたところだった。挨拶を無視されたくらい、どうってことない。

煙は白っぽい灰色だったものからだんだんと黒っぽくなってきて、それから噴煙はどんどん大きくなってきた。管理人のおじさんはいくつかの電話をかけたのち、両隣の住宅にも避難を呼びかけているようだった。わたしたちはおじさんが管理人だと知った瞬間から、何もしなくなった。ただ空き地にぼうっと突っ立って、燃えるマンションを眺めている怠惰な八人の賃借人。めいめい手でも繋げば『ファイト・クラブ』のラストシーンみたいだと一瞬だけ思ったが、この中にブラピはいないし、そもそもあの映画の主人公はブラピではない。

火元の部屋の中がどうなっているかはよく見えなかったけれど、カーテン越しに明るい何かがうごめいているのは、誰の目にも明らかだった。火だ。はじめはちょっとしたボヤ程度かな、とおそらく住人のほぼ全員が思っていたはずだったが、なんだかけっこう燃えてるっぽい。消防もすぐには来ないし、こんなことなら、最初のほうにもうちょっと頑張って消火活動をしたほうがよかったのかもしれない。今はただ、なるべくじぶんの部屋に延焼しないように祈りながら、消火を待つしかないのだ。たった五階建ての小さなマンションの火事とは、なんだか地味である。

やがてとうとう101号室の窓がばりんと割れて、部屋の中から燃えさかる炎が噴き出してきた。消火器が爆発したのかもしれない。キャンプや焚き火で使う炎って明るいオレンジ色をしているけれど、火事の炎ってちょっとぎょっとするくらい、真っ赤なのだ。いつの間にか周辺に集まってきた近所の人たちから、どよめきが上がる。見回してみれば、不安とやるせなさでいっぱいの表情を浮かべたわたしたちとは裏腹に、野次馬のみなさんはスマホで動画を撮ったり、誰かに電話をかけたりして、その目はまるで祭りの様子でも見ているかのようにずいぶん輝いていた。近所の人といっても、目をらんらんと輝かせているのは延焼の心配のない家の住人だろう。こういう時に撮られた映像が、「視聴者提供」なんて具合に夕方のワイドショーで放送されたりするんだろうか。なんだ、他人事だと思って。

野次馬の群れを忌々しく見つめていると、遠くのほうからサイレンが聞こえてきた。かんかんかんかん。消防車のすがたはまだ見えないが、まもなく到着するだろう。やっと来た、という感覚が正しかった。階下におりてきてから、どのくらいの時間が経過したのかは果たしてわからない。

ところで、人だかりの間を縫うようにして、一台のクロスバイクがわたしたちの前で停まった。

乗っていたのは若い男の子で、なんじゃこりゃ、とでも言いたげな顔で絶賛炎上中のマンションとわたしたちを見比べている。やがて、わたしたちの中の誰かを見て「あっ」と短く言葉を発した男の子は、背負っていたUber Eatsのリュックからいくつかの紙袋を取り出して管理人のおじさんに手渡すと、何も言わずに来た時よりも速いスピードで去っていった。

「あのう、こんなところでなんですが、みなさん着の身着のままじゃ冷えますし、しばらくお待たせしちゃうと思うんで、ウチのシチューでもいかがですか」

かんかんかんかんかんかん。消防車が近づいてくるなかで、管理人のおじさんはたった今受け取ったばかりの紙袋をひとつひとつ、わたしたちに配り始めた。包みはまだあったかい。聞けばおじさんはここのマンションのほかにも、実家のサンドイッチ屋の経営に、この近所で二十四時間営業のデリバリー専門店のフランチャイズオーナーまでやっているらしい。なかなか手広いんだ。じぶんの管理物件がこんな風に火事になっちゃって、わたしだったら犯人を問い詰めて泣きわめいちゃうと思うけど、おじさんは最初のおろおろした態度とは打って変わって、なんだか異常に冷静沈着だった。小脇に抱えた薄汚い石を見つめながら、あまつさえほほえんでいる。怠惰な住人に腹を立てるどころか、腹ごしらえの差し入れまで用意してくれるこの気配りである。何か悟りを開いているのだろうか、それとも気が動転しているんだろうか。

でも、おかしな時間に起き出してたしかに体も冷えているし、何か食べられるなら食べておきたい。おじさんのご厚意に甘えて、みんなが口々にありがとうございます、とか、わざわざすいませんとか言いながら包みを受け取る。ところが開けてみて……ぎょっとした。このパッケージは半年前に痛い目を見た、あの具だくさん自慢のお野菜スープ専門店のものではないか。で、でも、どうして。確かにわたしは、あのスープ工場だったゴースト・レストランの消滅を、確かにこの目で見届けたはずなのに。

あの、これ、前に頼んだことあるんですけど、一回なくなりませんでしたか？　とおじさんに素朴な疑問をぶつけてみると、ちょっと前に加盟店をUber Eatsに変えたんです、という種明かしが返ってきた。最低注文料金が設けられていないUber Eatsのほうが、需要が高いことに気がついたそう。「このへん、ほとんどひとり暮らしの人ばっかりでしょう」とおじさんは得意げに言って、今しがたやってきた消防署の人のところへ駆け寄っていった。なるほどなあ。たしかにあのサービスは、ちょっとだけ食べたいって時には注文しづらいと思ったのだった。

「ここ、管理人さんがオーナーだったんですね。わたし、週に二回は食べてます」

と言い放ったのは当の犯人、１０１号室の女性だ。あ、あの廊下にいつもいつも長時間放置されていたデリバリーは、具だくさん自慢のお野菜スープ専門店のシチュー&パンセットだったというのか。この人はまもなく警察の世話にならなくてはならないのだから呑気なことを言ってる場合ではないと思うのだが、彼女は誰よりも早く紙袋を開け、「最後の晩餐かもしれないです」と、あまつさえうっとりとした表情でシチューをすすりはじめた。

なんなんだ、コイツ。ぼさぼさ頭の、大学生くらいの男の子（あとからわかったことだが、彼は最もとばっちりを受けるであろう102号室の住人だった）が何か言いたげに口をぱくぱく動かしていたけれど、起こってしまったことは仕方ないと踏んだのか、やがていからせた肩をしゅんとしまった。わたしたちの誰もに、どんよりとした諦めムードが漂っていた。

「このマンションに越してきてから、いいことがないなあ」

誰かがぽつりとそう言うと、堰を切ったようにその場にいたみんなが口々に愚痴をこぼしはじめた。宅配ボックスが開かない。オートロックを締め出される。夜中に物音がして眠れない。自転車が盗まれた。トイレが詰まった。フラれた。大口の取引が飛んだ。バイト先をクビになった、などなど。挙げ句の果てに火事。三月の真夜中に着の身着のままで、しかも手にはもう二度と口にするまいと誓ったシチューを持たされている。

かんかんかんかんかんかんかん。そう広くもない道路には、投了寸前のパズルゲームみたいに次から次へと消防車がやってきた。消火活動の邪魔になるので、わたしたち怠惰な八人組は一列に棒立ちになっておとなしくシチューをつつく。うっとりしながら味わう者、蓋を開けた瞬間に顔をしかめて手をつけない者、おそるおそる口に運ぶ者、待ってましたと言わんばかりに一気にかきこむ者……そしてわたしは、いたずらに匙でぐるぐると中身をかき混ぜている。燃えさかるマンションの炎を前にしながら、今この奇妙な状況を客観的に見て、くつくつと笑いがこみあげてきた。もうこれ以上悪いことというのは、しばらく起こらないんじゃないかという気になった。

現場で説明を終えたらしい管理人のおじさんが、手を振りながら戻ってくる。同時に何かが爆ぜる音が聞こえて、101号室の割れた窓から飛び出してきた燃え殻が、勢いよく宙を舞った。大量の火の粉が泡のように降りそそぐ。ごう、と音がして、赤黒い煙が旋風のように巻き上がる。わたしの目には、それらすべてがスローウモーションのようにゆっくりとした速度で映った。間近で見る打ち上げ花火のような、熱狂的なコンサート会場のような。恐怖心と高揚感がその空間には同時に充満していた。なぜだかその光景から目が離せなかった。あるいはとっくに足がすくんでいたのかもしれない。わたしたちの眼前の炎は勢いを落とすことなく、真夜中の住宅地をひどく明るく照らしている。きっとこれからは、すべて良くなる。そう言いたくなった。この場にいるあなたも、わたしも、同じ気持ちなんだろう。ひどく緩慢な動きで駆け寄ってきたおじさんが、片手をこちらに差し出してくる。わたしは口の両端を大きく引き上げた。おそらくこれまでの人生で、最も安らかな笑顔をたたえていたと思う。差し出された手を握り返そうとした瞬間、彼はわたしの右手に乗ったままのシチューのカップを指差して、心底不安そうな顔で言った。

「あの……お口に合いませんでしたか？」

おわり

本作品に登場する人物・団体・地名等は、実在する人物・団体・地名等とは一切関係ありません。

オルタナ旧市街
（おるたなきゅうしがい）

個人で営む架空の文芸クラブ。２０１９年より、ネットプリントや文学フリマを中心に創作活動を行う。空想と現実を行き来しながら、ささいな記憶の断片を書き残すことを志向している。文芸誌『代わりに読む人』、『小説すばる』、『文學界』などにも寄稿。柏書房よりデビュー・エッセイ集『踊る幽霊』発売中。

お口に合いませんでした

2024年10月29日　第1版第1刷発行

著者
オルタナ旧市街

ISBN978-4-7783-1965-6　C0093

発行人
森山裕之

発行所
株式会社太田出版
〒160-8571
東京都新宿区愛住町22
第3山田ビル4F

振替口座
00120-6-162166
（株）太田出版

印刷・製本
株式会社シナノ

編集